»*N'oublie pas que Daniel Pennac est genial*

(Tom an Melanie)

Lieber Herr Sommerkorn

Mit diesem persönlichen Vorab-Leseexemplar, das bei Bertelsmann *Media on Demand* im Verfahren Print on Demand digital für Sie gedruckt wurde, möchten wir Ihnen Lust machen, einen unserer Lieblingsautoren zu entdecken: Daniel Pennac!

»*Gibt es einen einzigen Menschen, der die Bücher von Daniel Pennac nicht liebt??? ... Ja, mich! Ich mag die Bücher von Daniel Pennac nicht, weil sie zu kurz sind und irgendwann aufhören – wie das Leben*«, heißt es beispielsweise in der E-Mail eines französischen Lesers – ein Stoßseufzer, dem wir uns nur anschließen können. Daniel Pennac hat in vielen Ländern die Fan-Gemeinde, die er verdient. Und wir sind sicher, dass er auch im deutschen Sprachbereich der Kultautor wird, der er in Frankreich und Italien schon lange ist.

»*Kann mir jemand sagen, ob es wirklich einen neuen Malaussène-Roman gibt? Wie so viele sitze auch ich auf dem Trockenen, nachdem ich ›Monsieur Malaussène‹ ausgelesen habe. Help me!!!*« schrieb kürzlich eine verzweifelte Leserin.

Ja, es gibt einen neuen Malaussène-Roman! »**Adel vernichtet**«. Le voilà!

Lesen Sie selbst!

Wir wünschen Ihnen viel Vergnügen,

Ihr Verlag Kiepenheuer & Witsch und
Bertelsmann *Media on Demand*

Dürfen wir vorstellen?

Die Malaussènes aus Belville (Paris) »eine Familie, wo die Liebe seit Stammesgedenken nur Unkittbares hervorgebracht hat«.

Maman Mutter aller großen und kleinen Malaussènes, ist ständig in Liebesangelegenheiten unterwegs oder schwanger und serviert die Männer gleich nach vollbrachter Leistung ab.

Benjamin der Älteste, ist Ersatzvater und Sündenbock vom Dienst, ob zu Hause oder im Verlag Talion.

Julie eine umtriebige, bildschöne Journalistin, ist Benjamins Frau. Zusammen mit Gervaise ist sie die Mutter von

Monsieur Malaussène dem einzigen legitimen Kind des Stammes.

Gervaise eine Nonne und Freundin der Malaussènes, betreut alle Strichmädchen des Viertels und arbeitet im Kindergarten »Aux Fruits de la Passion«.

Julius der Hund ein nicht immer gut riechender Epileptiker, verhält sich eindeutig politisch korrekt (antirassistisch).

Thérèse heilig wie ihr Name und mit hellseherischen Fähigkeiten gesegnet, macht eine überraschende Volte ins Weltliche.

Jérémy hat den Blick für entscheidende Eigenschaften und erfindet auf diese Weise die Namen der wachsenden Kinderschar.

Le Petit klein und frech, sieht die Welt verträumt durch seine rosa Brille.

Louna ist die älteste Schwester und eine Krankenschwester mit weitem Herzen.

Verdun die kleine Schwester mit einem messerscharfen Blick, brüllt gern wie die Schlacht gleichen Namens.

Clara Benjamins Lieblingsschwester mit der samtenen Stimme, hat eine Kamera als Auge und ist die Mutter eines kleinen Engels

C'est un ange des ersten Enkels von Maman.

Und natürlich all die Freunde der Malaussènes – tout Belleville.

Über den Autor:

Daniel Pennac wurde 1944 in Casablanca geboren. Lange Jahre war er Französischlehrer, hat sich mittlerweile aber ganz aufs Schreiben verlegt (schade für die Schüler, gut für seine Fans). Wie die Helden seiner Romane lebt Daniel Pennac in Belleville, dem multikulturellen Stadtteil im Pariser Norden.

Bekannt wurde Pennac in Deutschland mit seinen drei ersten Romanen, die vor Jahren in der Reihe rororo-Thriller erschienen sind. Diese drei Romane – *Im Paradies der Ungeheuer, Wenn nette alte Damen schießen, Königin Zabos Sündenbock* – werden in einer überarbeiteten Übersetzung, sprachlich witziger, treffender und spritziger, im Herbst 2001 in KiWi erscheinen.

Unser erster großer Pennac-Erfolg war *Wie ein Roman*, ein charmantes, geistreiches Plädoyer gegen Lesemuffel (ein Buch also, das uns allen wie aus der Seele geschrieben ist). Und dann kam *Monsieur Malaussène* zu Kiepenheuer & Witsch, ihm folgte der Schüler trietzende Lehrer Crastaing in *Große Kinder – kleine Eltern*. Und nun geht es weiter mit *Adel vernichtet* und *Vorübergehend unsterblich*.

Reisen Sie mit uns nach Belleville und lernen Sie die Familie Malaussène kennen – oder freuen Sie sich auf ein Wiedersehen, wenn Sie schon zu ihren Fans gehören.

Daniel Pennac

Adel vernichtet

Ein Malaussène-Roman

Aus dem Französischen
von Eveline Passet

Kiepenheuer & Witsch

Die Arbeit der Übersetzerin an diesem Buch wurde gefördert vom
Deutschen Übersetzerfonds e.V.

1. Auflage 2000

Titel der Originalausgabe:
Aux fruits de la passion
© Editions Gallimard, 1999
Aus dem Französischen von Eveline Passet
© 2000 by Verlag Kiepenheuer & Witsch, Köln
Alle Rechte vorbehalten.
Kein Teil des Werkes darf in irgendeiner Form
(durch Fotografie, Mikrofilm oder ein anderes Verfahren)
ohne schriftliche Genehmigung des Verlages reproduziert
oder unter Verwendung elektronischer Systeme
verarbeitet, vervielfältigt oder verbreitet werden.
Umschlaggestaltung: Barbara Thoben, Köln
Umschlagmotiv: Dieter Braun, Heidelberg
Gesetzt aus der Janson Antiqua
Satz: Pinkuin Satz und Datentechnik, Berlin
Druck und Bindearbeiten:
Graphischer Großbetrieb Pößneck, Pößneck
ISBN 3-462-02931-2

Für Tonino

Un gros coup de bisou: quinze morts.
Christian Mounier

Inhalt

KAPITEL I
Worin man erfährt, dass Thérèse verliebt ist
und in wen   *13*

KAPITEL II
Worin Gelegenheit besteht, den Auserwählten
näher kennen zu lernen, und man erfährt, was von
ihm zu halten ist   *27*

KAPITEL III
Worin gesagt wird, dass die Liebe eben das ist,
was man ihr nachsagt   *47*

KAPITEL IV
Worin zu sehen ist, dass in der Liebe
sogar die Sterne schummeln   *67*

KAPITEL V
Von der Heirat. Was ihr vorausgeht und
was ihr natürlich folgt   *85*

KAPITEL VI
Worin geschieht, was geschehen musste,
mit Ausnahme eines Details   *111*

KAPITEL VII
Über die Ehe und die gesetzliche
Gütergemeinschaft   *133*

KAPITEL VIII
Worin nach der Wahrheit geforscht und
vor dem Erwägen von Folter nicht
zurückgeschreckt wird   *153*

KAPITEL IX
Thérèsische Leidenschaft   *179*

KAPITEL X
Worin nun einmal der Epilog
erzählt werden muss   *203*

KAPITEL I

Worin man erfährt,
dass Thérèse verliebt ist
und in wen

1

Man sollte erst anschließend leben. Man entscheidet immer zu früh. Ich hätte diesen Typen nie zum Essen einladen dürfen. Eine übereilte Kapitulation mit verheerenden Folgen. Der Druck war freilich gewaltig gewesen. Zäh und unerbittlich versuchte der ganze Stamm, mich zu überzeugen, jeder zog sein Register, ein Bombardement von entsetzlicher Kraft:
»Wie«, brüllte Jérémy, »Thérèse ist verliebt, und du willst ihrn Typ nicht sehen?«
»Hab ich nie gesagt.«
Louna legte nach:
»Thérèse hat einen Verehrer gefunden, jemanden, der sich für sie interessiert, ein Phänomen, das so unwahrscheinlich ist wie eine Tulpe auf dem Mars, und dir ist das schnuppe?«
»Ich habe nicht gesagt, dass es mir schnuppe sei.«
»Kein klitzekleines bisschen neugierig, Benjamin?«
Das war Clara, ihre samtene Stimme …
»Was der Freund von Thérèse so im Leben macht, weißt du wenigstens?« fragte mich le Petit hinter seiner rosa Brille.
Nein, was er wenigstens machte, wusste ich nicht.
»Das ist so einer, der erzählt.«

»Erzählt?«
»Hat Thérèse gesagt.«
Einem Erzähler den Zutritt zu unserem Haushaltswarenladen verwehren hieß, le Petits Wertsystem zu zerstören. Ob mir oder Loussa de Casamance, ob Théo oder dem alten Risson, ob Clément Clément, Thian, Yasmina oder Cissou la Neige, der Kleine war von jeher nur Erzählern begegnet.
»Stimmt es«, fragte ich wenig später Julie, »dass der Thérèsophile Erzähler ist?«
»Ob Erzähler oder Automechaniker«, antwortete Julie, »du kannst ihn dir sowieso nicht vom Leibe halten, also gib besser gleich nach. Lade ihn zum Essen ein.«
Maman war wie üblich irgendwo in Liebe. Sie erfuhr die frohe Botschaft an einem Vormittag gegen zehn Uhr – verhaltenes Knacken von Zwieback, vermutlich saß sie im Bett, ein Frühstückstablett auf den Knien – am Telefon. Sie sagte, was sie immer sagt, wenn eine ihrer Töchter die Besinnung verliert.
»Thérèse verliebt? Aber das ist ja wun-der-voll! Ich wünsche ihr, dass sie so glücklich ist wie ich.«
Und schon hatte sie aufgelegt.
Unnütz, sich in Sachen Frauen bei den Männern Rückendeckung zu holen. Ich konsultierte die Freunde nur der Form halber. Wie nicht anders zu erwarten, vertraten Hadouch, Mo und Simon dieselbe Ansicht:
»Du hattest schon immer Schwierigkeiten damit, dass deine Schwestern sich vögeln lassen, Ben. Du würdest sie am liebsten für dich behalten, das ist deine ›mediterrane‹ Seite, wie ihr Franzosen so schön sagt.«
Der alte Amar nahm die Sache mit dem ihm eigenen friedlichen Fatalismus:
»*Inschallah*, mein Sohn, was der Frau Wille, das ist der

Wille Gottes. Yasmina hat mich gewollt, weil Gott wollte, dass ich Yasmina will. Verstehst du? Unser Geist muss so weit sein wie das göttliche Herz.«
Ich dachte an Stojil. Welchen Rat hätte mir, über unser Schachspiel gebeugt, der alte Stojil gegeben, wenn er nicht vorzeitig gestorben wäre? Womöglich denselben wie damals, als Julie sich die Lust auf Nachwuchs in den Bauch gesetzt hatte:
»Lass Thérèse machen.«
Eine Antwort, die dem ontologischen Lakonismus von Rabbi Razon ziemlich nahe kam:
»Über das Menschengeschlecht entscheiden die Frauen, Benjamin. Selbst Hitler konnte nichts dagegen ausrichten.«
Das bestätigte mir auch Gervaise, die andere Mutter meines Sohnes, die für Julie eingesprungen war, ein heiliges Wesen, das sein Leben den Strichmädchen oben in der Gegend der Rues des Abbesses widmet. Ich war zu ihr in den Kinderladen gegangen, den sie für alle Hurentöchter und -söhne des Viertels aufgemacht hatte. Getaucht in einen Duft nach saurer Milch und neuer Haut, wogte um sie herum die uneheliche Kinderschar. Gervaise ragte aus diesem Gebrodel auf wie ein Fels der Mutterschaft.
»Wenn Thérèse ein Kind machen will, Benjamin, wird sie es machen. Das liegt nun mal in der Natur. Selbst die Professionellen entgehen dem nicht. Schau dich um.«
Ihr Arm beschrieb einen Halbkreis über all die Früchte des liegenden Gewerbes, die ihr am Rockzipfel hingen.
»Wenn schon ich es nicht verhindern kann, wie willst du es da verhindern?«
In einem trotzigen Spiel gegen die Wirklichkeit hatte sie ihren Kinderhort Fruits de la passion genannt. Sie

hatte meine Schwester Clara angestellt, die dort jeden Morgen mit Verdun, C'Est Un Ange und Monsieur Malaussène auftauchte – schließlich waren auch sie Früchte der Leidenschaft. Gervaise und Clara regierten diesen Haufen Bankerte mit Milde.
Was Théo betraf, meinen alten Kumpel Théo, der die Männer liebt, so tischte er mir an einem Abend voller Wehmut sein Klagelied auf:
»Was willst du genau? Dass Thérèse ein Mädchen ist, das sich auf Mädchen spezialisiert? In der gleichgeschlechtlichen Liebe gibt es einen *Übereinstimmungsfaktor*, der auf längere Sicht deprimierend ist, glaub meiner unersättlichen Suche, Ben. Und im übrigen«, fügte er hinzu, »war Thérèse bei mir, um sich Rat zu holen ... dein Handlungsspielraum ist gering.«
»Was hat sie dir gesagt?«
»Was sie gerne dir sagen würde. Aber sie hat Angst vor dir – du bist der Chef. Ich bin die alte Tante, der man alles erzählt und die nichts ausplaudert.«
Meine Arbeit in den Éditions du Talion litt unter der Situation, wie man sich denken kann. Und von der Königin Zabo hatte ich nichts Gutes zu erwarten:
»Gehen Sie mir noch einmal mit Ihrer Familie auf den Geist, Malaussène, und ich setze Ihnen den Stuhl vor die Tür. Endgültig.«
Das gefiel mir nicht.
»Einverstanden, Majestät, ich bin entlassen.«
Hinter der zugeknallten Tür brüllte sie laut, damit ich sie hören konnte:
»Rechnen Sie nicht mit einer Abfindung!«
Im Korridor fragte mich Loussa de Casamance, mein alter Freund Loussa, der senegalesische Fachmann für chinesische Literatur:

»*Chengfa, haizi?*« (Wieder eine Strafe aufgebrummt bekommen, mein Junge?)
Ich antwortete nur, dass ich diesmal wirklich ginge.
»*Wo gai zou le, yilaoyongyi!*«
»Das Verb steht am Ende, mein Junge, das habe ich dir schon hundertmal gesagt: *yilaoyongyi, wo gai zou le!*«
Wieder einmal blieb ich, trotz all der Menschen, die mich umgaben, allein mit einem Problem, das nicht meines war. Worum ging es denn im Grunde? Thérèse Malaussène war verliebt! Meine Thérèse mit ihrer so zerbrechlichen Steifheit! Meine Spiritistin aus Muranoglas. Die so leicht in tausend Scherben gehen konnte … Verliebt! In einer Familie, wo die Liebe seit Stammesgedenken nur Unkittbares hervorgebracht hat! Maman, Clara, Louna, sie wissen es doch. All die Brüche, all die Niederlagen, all die gewaltsam ums Leben Gekommenen, und am Ende von allem all die Waisen! Die Liebe hatte diese Familie mit Leichen gepflastert, auf denen eine sich exponentiell vermehrende Kinderschar tollte, und all diese Frauen waren bereit, wieder von vorn anzufangen, mit frischem Herzen neu zu beginnen und diese plötzliche Röte auf Thérèses eingefallenen Wangen unverzüglich als Anzeichen der Liebe zu erkennen, während ich noch auf eine unschuldige Tuberkulose gehofft hatte.
Man mag davon halten, was man will, aber es ist wahr, ich hatte all meine Hoffnung auf den Kochschen Bazillus gesetzt. Diese rosige Farbe bei meiner so blassen Thérèse, diese ungewohnte Gefühligkeit in ihrer so trockenen Sprache, diese überaus warme Ausstrahlung bei einer so kühlen jungen Frau, diese fiebrige Gedankenverlorenheit, dieser glänzende Blick – es gab dafür nur eine Erklärung: Schwindsucht. Man kann von ro-

mantischen Gefühlen die Schwindsucht bekommen, und Thérèse hatte romantische Gefühle zuhauf. Sechs Monate Antibiotika, und alles wäre überstanden.
Ich gab mich dieser Illusion so lange hin, wie ich irgend konnte, dann, eines Abends, beschloss ich, den Dingen ins Gesicht zu sehen. Eine halbe Stunde nach dem Lichtausmachen schlich ich mich ins Kinderzimmer und beugte mich über das Bett meiner Schwester:
»Thérèse, mein Liebling, schläfst du schon?«
Sie starrte mit großen Augen in die Nacht.
»Thérèse, was hast du?«
Sie sagte es mir:
»Ich liebe.«
Ich versuchte mich davonzustehlen.
»Und was?«
Aber sie bekräftigte nur:
»Ich liebe einen Mann.«
Ein Moment der Stille trat ein, die sich verflüchtigte; dann fügte Thérèse noch hinzu:
»Ich würde ihn euch gern vorstellen.«
Und weil ich unverändert schwieg:
»Wann *du* willst, Benjamin.«
Damit waren sie nun seit drei Tagen zugange: meine Bereitwilligkeit zu erstürmen. Eine Serie von Angriffen. Ich führte einen Grabenkampf, den ich im Vorhinein verloren wusste. Es war Julius der Hund, der schließlich den Sieg errang.
»Und du, was sagst du dazu?«
Er heftete einen Blick auf mich, der keine Diskussion zuließ.
»In Ordnung, wir laden ihn morgen Abend ein.«
Auch Julius der Hund ließ sich gern etwas erzählen.

2

Er *er*zählte nicht, er zählte. Gelder. Die geflossen waren. Er war Beamter am Rechnungshof. Der Kleine war noch in dem Alter, wo der Gleichklang von Wörtern Hoffnungen nährt; er hörte, was er hören wollte. Aber der Typ war Rechnungsrat, trug einen Dreiteiler und hatte nicht die geringste Lust, irgendetwas zu erzählen. Thérèse stellte ihn uns vor:
»Marie-Colbert de Roberval«, sagte sie. »Er ist Rechnungsrat am Rechnungshof. Oberrechnungsrat erster Klasse«, präzisierte sie mit zuckersüßer Stimme.
Julius der Hund schraubte Marie-Colbert sogleich die Schnauze ins Hinterteil und sah mich verblüfft an: Der hofierende Höfling roch nach nichts.
»Freut mich«, sagte ich.
»Sein Bruder hat sich erhängt«, gab Thérèse bekannt.
Ich weiß nicht, ob es die Mitteilung selbst war oder das Überraschende daran oder der heitere Ton, mit dem Thérèse sie verkündete, jedenfalls fehlte den Reaktionen des Stammes jener Elan, der von echtem Mitgefühl zeugt.
»Mein Gott!« zwitscherte Théo.
»Ohne Scheiß?« kam es von Jérémy.
»Mit was?« fragte le Petit.

»Tut mir Leid«, murmelte Louna, ohne dass zu entscheiden war, ob sie den Toten bedauerte, den Überlebenden tröstete oder sich bei diesem für uns entschuldigte.
Clara fotografierte das Paar, das Blitzlicht verscheuchte unser Unbehagen, und während die Polaroidkamera das Foto ausspuckte, wies Thérèse auf uns:
»Meine Familie«, sagte sie.
Kein Zweifel, sie hatte jenes Lächeln der verliebten Frau, die dem geliebten Mann seine liebenswerte künftige Schwiegerfamilie vorstellt.
»Clara nimmt alles auf«, fügte sie hinzu und musste gickern.
»Ich bin sehr erfreut, Sie endlich kennen zu lernen«, erwiderte Marie-Colbert.
Es war eine tonlose, jedoch nicht intentionslose Stimme, wobei er all seine Absichten in dem Adverb *endlich* gebündelt hatte.
Heute weiß ich nicht recht, was ich von diesem Abendessen halten soll. Thérèse hatte darauf bestanden, dass unser Stamm vollzählig daran teilnähme: Théo in der Rolle unserer abwesenden Mutter, Amar in jener des Vaters, den wir nie hatten, Julie in der Eigenschaft einer Gattin, Gervaise als unsere moralische Bürgin, der alte Semelle in seiner Funktion als rentnernder verdienter Handwerker-Großvater, Hadouch, Mo und Simon als Cousins aus der Provinz und Loussa de Casamance als Onkel mit Bildung – falls die Unterhaltung abheben sollte. Clara fuhr auf, was Küche und Keller und die Läden von Belleville nur so hergaben, Jérémy fragte den Rat, »was er denn wem so rät«, und dieser antwortete mit seiner neutralen Stimme, dass er kein Ratgeber sei, eher so etwas wie ein Rate-

künstler, Semelle rückte seinen Verdienstorden der Stadt Paris ins rechte Augenlicht und gab zu verstehen, dass er einen Arbeitsorden auch nicht ablehnen würde, Louna lächelte entschuldigend, und Gervaise erkundigte sich höflich, was der Rechnungshof denn so rechne, woraufhin Marie-Colbert zu einer Rede ausholte, an deren Ende besagter Hof als das Kontrollorgan der Organe dastand, dessen strenge und tugendhafte Beamte die Radiergummis zählten, welche seine früheren Kommilitonen von der École Nationale d'Administration, nun Beamte der Organe, gemopst hatten; der Kleine fand, dass Marie-Colbert »gut erzählt«, ich aber bekam von all dem nicht viel mit, weil ich damit beschäftigt war, einen nicht enden wollenden Ersteindruck zu verdauen.

Der Typ war so ellenlang, so kerzengerade und so gut erzogen, dass die Schöße des Jacketts stets und immer von seinem drallen Hintern abstehen würden. Glatt rasiert, wohlgenährt und von idealer Blässe, richtete er auf die Welt einen Blick, der sich weitreichend wollte. Sein Händedruck war fest – Sport und all das hatte gewiss zu seiner Erziehung gehört –, und ich konnte mir gut vorstellen, dass er Musikfreund war, diese Art von Musikfreund, die zu festgesetzter Stunde mit der Unbeugsamkeit eines Metronoms Bach spielt. Die Ärmel seines Jacketts schienen eine Idee zu kurz, und man hätte unmöglich sagen können, ob er glatzköpfig war oder picobello gekämmt.

Spät nachts weckte ich Julie, um sie zu fragen, was sie von ihm dachte.

»Nichts«, antwortete sie, »ein ENA-Abgänger, ein Einmalig Normaler Arsch, nichts weiter.«

Und genau dies bereitete mir Kopfzerbrechen. Wo,

zum Teufel, hatte Thérèse ein solches Exemplar an Normalität aufgetan?
»Bei der Arbeit«, gab sie mir zur Antwort, als ich sie danach fragte, »du weißt doch, dass ich nie weggehe!«
Die Arbeit, der Thérèse nachging, war Hellsehen. Sie wahrsagte in einem winzigen tschechischen Wohnwagen, den Hadouch, Mo und Simon ich weiß nicht wo aufgetrieben und auf vier Zementblöcken auf dem Boulevard de Ménilmontant aufgestellt hatten, dort, wo das Ende des Marktes liegt, unterhalb der Mauern des Friedhofs Père-Lachaise. Ob es stürmte, schneite oder hitzebrütete, die ganze Welt stand vor Thérèses Wohnwagen Schlange. Ich konnte mir beim besten Willen nicht vorstellen, wie das tipptoppe Haupt von Marie-Colbert aus dieser Menge herausragte.
Bloß log Thérèse nie.
»Mich fragen alle Arten von Menschen um Rat, weißt du, Paris besteht nicht nur aus Belleville!«
Meinetwegen. Doch um auf dieses Essen zurückzukommen: Ich glaube, ich weiß, wo der Hase im Pfeffer lag, weshalb ich mit meinen Gedanken woanders war. Das Polaroidfoto, das Clara von dem Paar geschossen hatte. Sie hatte es neben mich auf die Tischdecke gelegt, bevor sie in die Küche ging, um das Essen zu holen, und es dort vergessen. Ich habe Polaroidaufnahmen nie sonderlich gemocht … diesen gräulichen Nebelschleier und wie er sich langsam verdichtet … diese Gesichter, die aus einer tiefelosen Tiefe auftauchen … diese Spontaneität behauptenden Bilder … diese unkontrollierbare Farbwerdung … schließlich dieses muntere Gedenken einer mir nichts, dir nichts vergangenen Gegenwart … nein, es liegt darin ein chemisches Geheimnis, das mir eine Art Urangst ein-

flößt … vielleicht die Enthüllungsangst vor dem, was mit dem fertig entwickelten Bild zum Vorschein kommt. Ja, ich glaube wirklich, ich habe dieses gottverdammte Abendessen damit zugebracht, darauf zu warten, dass Thérèse und Marie-Colbert aus diesem Quadrat nebliger Gelatine auftauchen. Denn es ließ sich Zeit sich zu verbildlichen, das ideale Paar! Thérèse zeigte sich als erste. Die Kanten von Thérèse. Wie die ersten Striche einer Skizze, die man aufs Papier wirft. Eine knochig-kantige und etwas gelbliche Thérèse zunächst. Dann die schwindsüchtige Röte ihrer Wangen in einem Gesicht, das noch nicht vorhanden war … der blutrote waagrechte Strich ihres Lächelns – sie hatte zum ersten Mal in ihrem Leben Lippenstift aufgelegt … Doch wem lächelte sie zu? Nicht die geringste Spur von Marie-Colbert. Thérèse setzte sich allein zusammen in einem leeren Raum, aus dem erste Elemente unserer Wohnung hervorzutreten begannen. Aber kein Marie-Colbert. Hatte ich wirklich Angst? Meinte ich, dass Thérèse sich einen Vampir angelacht hatte, der aus einem der Gräber des Père-Lachaise gekrochen war und sich vor ihrem Wohnwagen angestellt hatte, um ihr das Blut auszusaugen? Irgend so etwas muss es gewesen sein, wenn ich davon ausgehe, welche Erleichterung ich empfand, als ich schließlich sah, wie sich die bleiche Masse des Oberrechnungsrats verdichtete … zunächst der tadellose Anzug … dann er selbst in diesem seinem Anzug … und zuletzt das Gesicht, dem das Lächeln meiner Schwester Thérèse galt.
Das gesamte Essen muss damit hingegangen sein, denn das Einzige, woran ich mich erinnern kann, was diesen Abend betrifft, ist Marie-Colberts breites Ge-

sicht, das sich zu mir herabbeugt, nichts sagendes Lächeln, klarer Blick, geflüsterte Worte, während sich der Stamm über die Aufnahme begeistert:
»Ich muss Sie treffen, Benjamin.«
Alle fanden die Ähnlichkeit fantastisch.
»Unter vier Augen«, präzisierte er.
Alle lobten die Echtheit der Farben.
»Morgen, vierzehn Uhr.«
Ein bezauberndes Paar, wirklich!
»Im Hotel Crillon an der Bar, passt Ihnen das?«
Eine viel versprechende Zukunft.
»Dann sprechen wir von der Hochzeit.«

KAPITEL II

Worin Gelegenheit besteht,
den Auserwählten
näher kennen zu lernen, und man erfährt,
was von ihm zu halten ist

3

Am nächsten Tag im Goldgepränge des Crillon verkündete mir Punkt vierzehn Uhr Marie-Colbert de Roberval (»nennen Sie mich MC2, Benjamin, so wie wir das unter ENA-Kameraden machen«) – verkündete mir also MC2 seine Absicht, Thérèse binnen kurzem zu heiraten. Seine beruflichen Pflichten erlaubten ihm nicht, darüber zu diskutieren, er bitte mich nicht um die Hand meiner Schwester, er nehme sie sich einfach. In vierzehn Tagen finde die Hochzeit statt. Und damit basta.
»In der Église Saint-Philippe-du-Roule. Und in Gütergemeinschaft«, führte MC2 aus, während er seinen Kaffee umrührte. »Alles, was mir gehört, wird auch ihr gehören. Was sie betrifft …«
Eine kurze, löffelklimpernde Stille trat ein.
»Sie genügt mir voll und ganz.«
So wurde mir mitgeteilt, dass der Prinz meine Sternguckerin mit oder ohne Taler nahm. (Welch ein Fingerspitzengefühl, mit dem das Geld verrät, was es sich Gefühle kosten lässt!)
»Schließen Sie daraus nicht, dass Thérèse ein Leben als ausgehaltene Frau führen wird, Benjamin. Das entspricht nicht ihrem Temperament.«

Stille. Überzeugender Blick. Abgewogene Worte:
»Ihre Schwester ist eine außergewöhnliche Frau.«
Es war das erste Mal, dass Julius der Hund und ich von Thérèse als Frau reden hörten. Da jedes Kompliment belohnt gehört, vergrub Julius eine vor Zuneigung triefende Schnauze zwischen den schwägerlichen Schenkeln und fegte unsere beiden halb vollen Tassen freudigen Schwanzes vom Tisch. Kaffeeregen, fliegender Zuckerspender, stummes Ballett der Kellnerschaft, tupfende Serviette, halb so schlimm, Platz Julius! Frische Kuchenstücke, dampfender Kaffee, makellose Deckchen, so jetzt können wir den Faden wieder aufnehmen, seien Sie Julius nicht böse, aber ich bitte Sie ...
»Thérèse wird ihren Beruf weiter ausüben. Allerdings in Kreisen, die doch etwas mehr ...«
Nach welchem Wort suchte er? »Bedeutung«, »Niveau«, »Finanzkraft«, »Hintergrund«, »Einfluss« haben? Plötzlich lenkte er die Unterhaltung auf ein Nebengleis.
»Hat sie Ihnen gesagt, wie wir uns kennen gelernt haben?«
Sie hatten sich durch den Erhängten kennen gelernt. Den Bruder von Marie-Colbert de Roberval (MC2), durch Charles-Henri de Roberval (CH2), den Erhängten. Eine unglückliche Folge des Berufsethos, dieses Erhängen! Das Ganze kam so: MC2 führt eine Untersuchung über den Arbeitshaushalt eines Ministeriums durch, das einige Jahre zuvor seinem Bruder unterstanden hatte, woraufhin sich CH2 erhängt. Fühlte sich Charles-Henri verdächtigt, sah er sich schon den Richtern zum Fraß vorgeworfen? Hatte er Angst, dass sein Name in den Schlagzeilen mit Schmutz beworfen würde?

»Es handelte sich um eine reine Routineuntersuchung, kann ich Ihnen versichern, weshalb diese Befürchtungen umso absurder waren. Und es zeigte sich, dass Charles-Henri sein Amt einwandfrei geführt hatte.«
Aber bei der Robervalschen Familie war die Ehre fest mit dem Namen verschweißt, und man hatte einen ausgeprägten Sinn für den öffentlichen Dienst. Eine Familientradition, ja, eben seit Colbert! Das Adels-*de*, erworben unter Louis XIV., war seit der Revolution in den Dienst der Republik gestellt worden.
»Zwei Jahrhunderte unbestechlichen Jakobinertums, Benjamin, es neigt ein wenig nach rechts, das will ich gern zugeben, wir wählen gewiss nicht im selben Lager, Sie und ich, aber an den Zentralismus, dieses gemeinsame Erbe des Großen Jahrhunderts und der Republik, muss man zuallererst denken, da stimmen wir doch überein?«
Kurz, Charles-Henri erhängt sich. Im Robervalschen Stadtpalais, 60 Rue Quincampoix, gewissermaßen unter den Füßen des Bruders. Sollte möglicherweise seine, Marie-Colberts, Untersuchung die Ursache hierfür gewesen sein? Das geht MC2 an die Nieren, frisst ihm an der Leber, schlägt ihm auf den Magen, so dass ihm der Schlaf vergeht, der Lebenshunger.
»Das ist das richtige Wort, Thérèse hat mir den Lebenshunger wiedergegeben!«
Was mir noch immer nicht sagt, wie sie sich kennen gelernt haben.
»Durch einen früheren Kommilitonen, auch ein ehemaliger Minister.«
Der sie durch wen kannte?
»Durch seinen chinesischen Hausangestellten. Ge-

nauer: seinen kantonchinesischen Hausangestellten. Ein armer Teufel aus Ihrem Viertel, dessen Frau sich aus dem Staub gemacht hatte, weshalb er Zweifel an seiner Männlichkeit bekam. Ihre Schwester hat ihm das I-Ging gelegt, und die Dinge sind wieder ins Lot gekommen; das verlorene Schaf ist zurückgekehrt und hat sich am heimischen Herd schwängern lassen.«
»Das I-Ging gelegt?«
»Das ist eine chinesische Art des Wahrsagens, bei der werden Stäbchen geworfen, die sozusagen ein Schriftzeichen bilden. In gewisser Weise ein spirituelles Mikado.«
»Hat Thérèse auch Ihnen das I-Ging gelegt?«
Nein, auf den Rat seines ENA-Kommilitonen hin hatte Marie-Colbert Thérèse Geburtsdatum, -stunde und -ort von Charles-Henri vorgelegt, als wäre es darum gegangen, einem kreuzlebendigen Bruder die Zukunft zu weissagen. Thérèse hatte einen Blick auf die Daten geworfen und Marie-Colbert direkt ins Gesicht geschaut: »Dieser Mann hat sich vor vierzehn Tagen erhängt, er war Ihr Bruder, und Sie fragen sich, ob Sie an seinem Tod schuld sind. Sie sind erschüttert.«
»Wort für Wort, was sie mir gesagt hat, Benjamin.«

Wort für Wort. Was Thérèse mir am selben Abend bescheinigte:
»Das stimmt, Marie-Colbert hätte den Selbstmord von Charles-Henri nicht verhindern können, ich habe nie eine schlechtere Konstellation der Sterne gesehen: Mars und Uranus im achten Haus, stell dir das mal vor, Benjamin! Und obendrein noch in Opposition zu Saturn! Nein, da kam zu viel zusammen, wirklich! Ich

hatte alle Mühe, Marie-Colbert zu beruhigen. Er fühlte sich unglaublich schuldig. Er brauchte so dringend Trost ... Weißt du, ich denke oft an dich, wenn ich ihn so sehe, Benjamin ... er ist derart vernunftorientiert und doch kolossal empfindsam! Du hast ihn also getroffen? War es gut? Erzähl!«
Das Ganze an der Familientafel, wo natürlich niemandem etwas entging.
»Wo habt ihr euch getroffen?« fragte Clara.
»In der Bar vom Crillon.«
»Öde«, mischte Jérémy sich ein, »die wichtigen Dinge entscheiden sich heutzutage in der Hemingway-Bar.«
»Woher willst du das wissen?« fragte le Petit.
»Klappe«, empfahl ihm Jérémy.
»Selber«, riet ihm le Petit.
»Ich würde eher sagen, im Café Coste«, berichtigte Théo, der an jenem Abend mit am Tisch saß. »Alles Entscheidende wird momentan im Café Coste geregelt.«
»In der Hemingway-Bar«, beharrte Jérémy, »in der Hemingway-Bar des Ritz.«
»Im Café Coste«, wiederholte Théo, »ich schwörs, seit einem halben Jahr im Café Coste.«
»Schnee von gestern«, versetzte Jérémy.
»Das hängt alles davon ab, was man im Leben machen will«, wagte sich Clara vor. »Was die Fotografie betrifft, zum Beispiel ...«
»Trotzdem, ein Treffen im Crillon ...« Louna pfiff leise durch die Zähne.
»Mottenkiste«, urteilte Jérémy abschließend.
»Was hat er dir gesagt?« fragte Thérèse. »Wovon habt ihr noch geredet?«

»Von deiner Zukunft, meine Große. Und von der Zukunft der Nation.«

Ja. MC2 hatte sich heißgeredet. Die hellseherischen Fähigkeiten von Thérèse hatten ihn »buchstäblich geplättet«. Mit seiner gleichbleibenden Stimme und dem reglosen langen Körper hatte er den Gipfel des Enthusiasmus erreicht. Wenn man ihn hörte, so hing die Zukunft des ganzen Landes von Thérèse ab. Thérèse verkörperte »die Intuition, ohne die keine Regierung auskommt, das notwendige Korrektiv des blinden Rationalismus«. Sie war »die rechte Hirnhälfte« der Republik, »dieser intuitive Teil des Geistes, der auf skandalöse Weise von unserem Bildungssystem vernachlässigt wird zugunsten eines Rationalismus, der unablässig an seine Grenzen stößt«.
Er redete so, Ehrenwort. Und ohne abzulesen! Ein Lächeln, das Jahrhunderte alt war, trat in sein Gesicht: »Und das sagt Ihnen kein anderer als ich, Benjamin, ich, Marie-Colbert de Roberval, in dessen Vor- und Nachnamen hie Ordnung und Autorität, da Maße und Gewichte zusammentreffen!«
(Wenn ichs doch sage, er redete wirklich so …) Im Eifer bestellte er uns zwei Cognacs.
»Tja, ich fing mich wieder, mein Alter! Zehn Minuten in Gegenwart Ihrer Schwester reichten mir, um die Rolle der Seele anzuerkennen. Und man bezichtige mich nicht des Aberglaubens!«
Im Gegenteil, Marie-Colbert hoffte, durch die Heirat mit Thérèse sämtliche Wahrsagerinnen zu vertreiben, die die Gänge der Macht heimsuchten.

»Mit Thérèse hätten wir nie die Auflösung beschlossen!«
»Die Auflösung?«
»Der Nationalversammlung. Die Parlamentsauflösung. Letztes Jahr. Erinnern Sie sich? Die Abgeordneten ... die verlorenen Wahlen. Wenn wir Thérèse konsultiert hätten, dann wäre die Auflösung nie beschlossen worden. Dann wären wir noch am Ruder, und Frankreich würde es besser gehen.«
Was du nicht sagst!
»Und wenn mein Bruder Sie gekannt hätte, dann hätte er sich nie erhängt.«
Wie bitte?
Er war verstummt. Der Cognac kreiste im Glas in der Höhlung seiner Hand. Man hätte meinen können, er wolle daraus die Zukunft des Toten wieder hervorfischen. Ich nutzte die Gelegenheit, um mir einen kurzen Blick in mein eigenes Glas zu gönnen: Thérèse, die den Kaffeesatz durch edlen Champagner ersetzt, um darin die Zukunft zu lesen ... die ihren Wohnwagen eintauscht gegen Louis-quinze-Möbel und ihr Tarotspiel gegen einen doppelten Satz Bridgekarten ... Ich sah sie sehr deutlich, meine Thérèse, dort, im Bauch des Cognacglases, wie sie sich über den Brigdetisch beugt und aus den Karten des Strohmanns, die vor ihr ausgebreitet liegen, dieser erlesenen Gesellschaft die Zukunft weissagt. Und ich hatte eine erste blitzartige Eingebung. Oh, nichts Besonderes, eine flüchtige Intuition! Flüchtig, doch klar wie Klobrühe: Ich saß in der Scheiße. Aber wie! Diese Heirat würde mich voll in die Scheiße stürzen, mich persönlich, Benjamin Malaussène. Und zwar nicht in irgendeine, nicht in diesen gewöhnlichen Haufen aus Dung und

Mist, aus dem der Zufall mich bisher immer wieder herausgezogen hatte, nein, in eine ozeanische Jauchegrube, der gegenüber alles, was mir bisher zugestoßen war, ein Scherz wäre. Ich wusste nicht, wessen genau man mich anklagen würde, aber auf dem Grunde meines Cognacs und in der gedämpften Stille dieser Bar gewann das Ganze kosmische Ausmaße. Diesmal würde es mir definitiv und endgültig an den Kragen gehen. Ohne Aussicht auf einen Ausweg. Man würde mich nicht dieser oder jener Sache bezichtigen, nein, nein, nein, ich würde für *alles* angeklagt werden.
Wie ein Echo auf mein Grauen erklang deutlich vernehmbar die Stimme von Marie-Colbert (Marie-Colbert!):
»Diese Tätigkeit als Sündenbock, Benjamin ...«
Kein Zweifel, über mir braute sich eine Wolkenbank aus Dreck und Kot zusammen.
»Wenn Sie meinem Bruder nur die rudimentärsten Kenntnisse des Sündenbocktums beigebracht hätten, so wäre er heute nicht tot.«
Wie viel Uhr ist es? Ich muss mich verziehen. MC2 hörte nicht auf, Auge in Auge mit mir, als würde er zum ersten Mal in seinem Leben beichten:
»Charles-Henri war ein reines Produkt unserer Verwaltungshochschule wie ich, das heißt ein Sündenbock wie Sie. Mit dem Unterschied, dass unsereins es nicht weiß. Die ENA bereitet uns auf die höchsten Ämter vor, als gute Schüler nehmen wir unser Studium auf, und wenn wir es abschließen, können wir Minister werden, aber was ist ein Minister, Benjamin? Oder ein Vorstandsvorsitzender? Ein Verwaltungsratmitglied? Ein Fernsehintendant? Ein Bauernopfer, mein Lieber! Lämmer, denen die Kehle durchge-

schnitten wird, sobald sich in der Politik das Blatt wendet. Wir glauben, wir würden zur Führungskraft ausgebildet, und in Wahrheit sind wir zum Opferlamm bestimmt! Was unserer Beamtenhochschule fehlt, ist eine Professur für Sündenbockkunde, ja! Jemand von Ihrem Kaliber, der jene Elite, die meint, sie sei zur Macht bestimmt, auf ihre Abschlachtung vorbereitet. Ich sage Ihnen, unsere Hochschule braucht Ihre Lehre!«
Ich hätte mich geehrt fühlen müssen. Eben hatte mich die Königin Zabo gefeuert, schon bekam ich eine neue Stelle angeboten. Und das an der höchsten aller Hochschulen, denken Sie nur! Ich – Lehrer der Führungskader aller Kader unseres Staates! Aber weiß der Teufel warum, ich spürte unzweideutig, wie sich über meinem Kopf nicht ein Lorbeerkranz flocht, sondern diese verdammte, stinkende Wolke von Unheil zusammenbraute.
»Selbst wenn Charles-Henri eine Schuld getroffen hätte, er hätte sich nicht erhängt, wenn Sie sein Professor gewesen wären! Als guter Schüler, der er war, hätte er die Rolle des Sündenbocks übernommen und wäre heute am Leben.«
Die Wolke sonderte bereits Ausdünstungen ab, im Vergleich zu denen selbst Julius der Hund gut roch. Warum ich? Warum immer ich?
»Ich scherze nicht, Benjamin. Die Türen der École Nationale d'Administration stehen Ihnen offen. Ein Zeichen von Ihnen, und ich spreche mit dem Richtigen.«
Nein, nein! Sehr nett von Ihnen, aber kein Wort zu einem Richtigen, vor allem nicht zu einem Richtigen! Im Übrigen musste ich gehen, so, es war sehr ... der

Kaffee ... das Gespräch ... der Cognac natürlich, das Vertrauen auch ... die Ehre, die Sie meiner Schwester ... wirklich sehr ...
»Ein Letztes noch, Benjamin.«
Aber wirklich ein Letztes, ja!
Und Marie-Colbert de Roberval, Rechnungsrat erster Klasse, Namensvetter des sonnenköniglichen Verwaltungs- und Finanzreformators sowie jenes anderen Mannes, der die nach ihm benannte Waage erfand, Marie-Colbert de Roberval, mein künftiger Schwager, verlangte die Rechnung und tischte mir das Letzte auf, das Allerletzte:
»Nehmen Sie es nicht übel, aber ich würde es vorziehen, wenn Sie an unserer Trauung nicht teilnähmen. Weder Sie noch sonst irgendein Mitglied Ihrer Familie.«

4

Seine Argumente hatten einiges für sich. Thérèse hatte ihm von Mamans hochzeitslosen Lieben erzählt (Väter, die nach vollzogener Tat entsorgt wurden), von Claras Trauung (gewaltsamer Tod des Ehemanns) und von jener des Chirurgen Berthold mit unserer Freundin Mondine (allgemeine Keilerei im Gewölbe von Notre-Dame: sieben Verletzte, drei davon schwer) ... »alles Dinge, die sie sehr geprägt haben, Benjamin«. Nicht, dass Marie-Colbert sich unserer Familie schämte, aber er wollte ganz einfach verhindern, dass es während der Hochzeitszeremonie in Saint-Philippe-du-Roule zum Bürgerkrieg käme, »Ihre Schwester würde das nicht ertragen; sie hat einen zu großen Sinn für ... für alles Heilige«. (Und wie!)
»Aber ich hatte nicht den Mut, mit Thérèse zu sprechen, mir wäre es lieber, wenn Sie es ihr mitteilen würden, als ob die Idee von Ihnen stammte. Verbuchen Sie diese kleine Feigheit auf dem Konto meines Zartgefühls, Benjamin, seien Sie so gut.«
Julius der Hund und ich gingen das Ganze noch einmal durch, während wir nach Belleville hinaufliefen. Wir versuchten, »die Konsequenzen aus dieser Unterredung zu ziehen«, wie die Politiker sagen. Aber die

Konsequenzen brauchen niemanden, der sie zieht, im Gegensatz zu den Schlussfolgerungen, die nur darauf warten. Die Konsequenz ist nämlich die Bruchlandung, die man durch fehlerhaft gezogene Schlussfolgerungen macht. Ich sah die Zukunft schwarz. Ich brauchte nicht zum Himmel hinaufzuschauen, um zu wissen, dass die Wolke aus Dreck und Kot uns folgte …

Denn, fassen wir zusammen, worum geht es? Marie-Colbert de Roberval, politischer Kampfhund, den die Geschichte herausgezüchtet hat, schickt sich an, Thérèses Gabe für seine persönliche Karriere auszuschlachten, darum und um nichts anderes geht es. Und überdies will dieser Stratege mich auf einen Professorensessel in der Hochschule aller Hochschulen katapultieren, damit ich eines Tages die Zeche aller Zechen zahle. »Diese Tätigkeit als Sündenbock, Benjamin …« Denken Sie sich nur, ein Sündenbock auf nationaler Ebene – welch ein Glücksfall für einen Liebhaber der Macht! Und eine Hellseherin, um in diesen finsteren Zeiten endlich die Nummer eins zu werden – davon kann doch jeder Politstrizzi nur träumen! Nein, nein, in der ganzen Chose steckt kein Milligramm Gefühl. Nichts als Kalkül. Hintergedanken, die mit allen Mitteln vorwärts streben. Monsieur, Sie lieben meine Schwester nicht, und – um mich Ihres Sprachgebrauchs zu bedienen – ich werde sie nicht auf dem Altar Ihrer ehrgeizigen Ziele opfern.

Unsere sechs Beine trugen uns nach Belleville hinauf, quer durch ein Paris, das sich im Wahlkampf befand und wo Julius der Hund die Konterfeis gewisser Kandidaten bepinkelte und andere nicht. Zuerst achtete ich nicht darauf, dann wollte ich kaum meinen Augen

trauen. Doch Zweifel ausgeschlossen, Julius wählte sich unter diesen zukunftsfähigen Gesichtern, die vor den Schultoren ein plakatives Lächeln affichierten, sorgfältig jene aus, denen er mittels eines gelblichen Strahls frontal einen Affront antat. Le Petit und Jérémy hatten mich vorgewarnt, aber ich hatte ihnen nicht glauben wollen.
»Ich schwör dirs, Ben, wir ham ihm das beigebracht.«
»Du wirst sehen, er is begabt, er irrt sich nie. Er hat richtiges politisches Bewusstsein!«
Mein Gott, es stimmte wirklich, meine beiden Knallköpfe von Brüdern hatten Julius in die Wahlschändung eingeweiht! Während ich mich abplagte, ihnen Achtung vor den Ansichten anderer und die Vorteile der Meinungsvielfalt beizubringen, hatten sie Julius zum intolerantesten Hund der französischen Kapitale erzogen!
»Meine Güte, Julius, hör auf!«
Julius der Hund hörte nicht auf. Julius der Hund ging vorbei, und die Kandidaten gerieten ins Schwimmen. Bestimmte Kandidaten. Ein nachträgliches Entsetzen rieselte mir durch Mark und Bein: Und was, wenn dieser beiden kleinen Deppen wegen Julius mitten im Crillon Marie-Colbert bepinkelt hätte? Aber nein, Julius der Hund betrieb Politik auf französische Weise: Er machte sich über die Bilder her, um dann umso leichter mit den Leuten paktieren zu können. Schweinehund! Ein billiges reines Gewissen. Realistisch, was? Armer Köter ...
»Julius, hör auf!«
Diesmal war die Angelegenheit ernster. Wir waren vor unserem Haus angelangt. Vor etwa zehn Tagen hatten dort an der gegenüberliegenden Wand anonyme Hän-

de das engelhafte Gesicht eines gewissen Martin Lejoli plakatiert. Martin Lejoli, eine blauweißrote Fackel haltend, versprach uns ein monochromes Frankreich. Die Bande von Jérémy und dem Kleinen konnte ihn noch so oft mit Hörnern oder Bärtchen ausstaffieren, ihm die Zähne schwarz färben oder Augenringe malen, seine Stirn mit Hitlers Komma zieren oder die Fackel zu einem unbeschreiblichen Penis umgestalten, jeden Morgen war Martin Lejoli auferstanden aus Urinen und lächelte unversehrt in Tricolor von einem pieknusen Plakat herab. Nun hockte Julius der Hund auf seinem dicken Hintern und schaute Martin in die Augen. Als ich begriffen hatte, was er vorhatte, war es bereits zu spät, er tat es schon. Ich gestehe, ich machte auf dem Absatz kehrt. Ich verleugnete meinen Hund und jagte wie ein Hosenscheißer in unseren Laden. Als ich den Mut hatte, einen Vorhangzipfel anzuheben, dampfte Martin Lejoli über einer Fackel, die der seinen nicht ganz unähnlich war, und Julius kratzte an der Tür, weil auch er nach Hause wollte.
Dieser Unsinn hatte mir den Rest gegeben. Ich war ziemlich übler Stimmung. Thérèse würde diesen Marie-Colbert nur über meine Leiche heiraten, Punkt und Schluss!
»Wetten, dass doch?« fragte mich Julie.
Ich habe gewettet und habe die Wette verloren.
Thérèse widerlegte meine Argumente eines nach dem anderen. Sie begann mit den konventionellsten. Das Ganze vollzog sich beim Essen. Unter dem Schweigen des Stammes. Im folgenden unser Gespräch:
Ich: Thérèse, vertraust du mir?
Sie: Ich vertraue nur dir, Benjamin.
Ich: Er gefällt mir nicht, dein Marie-Colbert.

Sie: Mir muss er gefallen.
Ich: Du weißt nichts über ihn, Thérèse.
Sie: Seine Familie steht seit dem 17. Jahrhundert in den Geschichtsbüchern.
Ich: Heutzutage ist die Politik kein sicherer Beruf mehr.
Sie: Nenne mir einen Beruf, der heute noch sicher wäre.
Ich: Aber Thérèse, hast du ihn dir mal angesehen? Das ist doch nicht unser Milieu!
Sie: Mein Milieu ist das Leben.
Ich: In einem Chanelkostüm Petits Fours zu servieren, ist das das Leben?
Sie: Nicht mehr und nicht weniger als im Bademantel den Abwasch zu machen.
Ich: Dieser Typ ist ein eitler Affe, Thérèse, der uns verachtet und der, bevor er bei uns zu Abend gegessen hat, nie weiter als bis zur Bastille gekommen ist.
Sie: Wie oft kommst du bis zur Place de la Concorde, Benjamin?
Ich: In seiner Familie gibt es einen Erhängten!
Sie: Ich bin überzeugt, sein Bruder hätte sich nicht erhängt, wenn er dich gekannt hätte.
Ich: Thérèse de Roberval ... ernst mal, findest du, das ist ein Name für dich, Thérèse de Roberval?
Sie: Dein eigener Sohn heißt Monsieur Malaussène Malaussène. Vergiss nicht, ich war dagegen.
Ich: Thérèse, glaub mir, ich habe nichts gegen Marie-Colbert, aber dieser Typ lässt mich Schlimmes befürchten. Er ist so stcif wie ein Amtsschimmel.
Sie: Und ich mit all meinen Ecken und Kanten – wir sind wie geschaffen füreinander.
Ich: In fünf Jahren bist du geschieden!

Sie: Fünf Jahre des Glücks? So viel hatte ich nicht erwartet.
Da die bürgerliche Methode nichts brachte, versuchte ich, Thérèse auf ihrem Terrain zu schlagen.
»Gut, mein Liebling, beruhigen wir uns.«
»Ich bin ruhig.«
»Die Ehe ist eine ernste Sache.«
»Da gebe ich dir Recht.«
»Hast du Vorkehrungen getroffen?«
»Vorkehrungen?«
»Hast du wenigstens die Konstellation seiner Sterne untersucht, und die deiner Sterne, und die eurer Sterne? Hast du dir über eure gemeinsame Zukunft Gedanken gemacht?«
»Dazu ist die Astrologie nicht da, Benjamin.«
»Nein?«
»Die Astrologie ist dazu da, sich um die anderen zu kümmern, nicht um sich selbst.«
»Nerv mich nicht mit berufsethischen Fragen!«
»Es geht nicht um Berufsethos. Der Schleier der Liebe macht blind, das ist alles. Wenn ich uns die Karten legen wollte, so könnte ich es schlicht und einfach nicht. Die Liebe lässt sich nicht voraussagen, sie muss gestaltet werden. Schau dir doch Julie und dich an …«
»Lass Julie aus dem Spiel, ja?«
(Besonders, weil Julie im Begriff war, ihre Wette zu gewinnen.) Ich beschloss, die Diplomatie fallen zu lassen und schweres Geschütz aufzufahren:
»Thérèse, Marie-Colbert verbietet uns, an eurer Trauung teilzunehmen, hat er dir das gesagt?«
»Und? Du bist doch eh dagegen. Da erweist er dir doch eher einen Dienst, oder?«
Zwischen meinen Fragen und ihren Antworten ver-

ging keine halbe Sekunde, Ehrenwort. Zuletzt ließ ich die Bombe platzen:
»Hör zu, Thérèse, ich habe Marie-Colbert heute Nachmittag genau beobachtet, ich wollte es dir nicht sagen, aber ich habe die feste Überzeugung gewonnen, dass er deine Gabe für seine persönliche Karriere ausbeuten will, basta. Das ist ein Machtmensch, er heiratet dich aus politischer Berechnung!«
»Willst du damit sagen, dass er mich nicht um meinetwillen liebt?«
»Genau. Was ihn an dir interessiert, ist die Hellseherin.«
»Das zumindest lässt sich leicht überprüfen.«
Sie sprach diesen Satz mit einem so ruhigen Lächeln, dass ich wieder Mut fasste.
»Am Morgen nach der Hochzeitsnacht werde ich meine Sehergabe verloren haben«, fügte sie hinzu.
»Wenn er mich dann verstösst, so heißt dies, dass er eine Hellseherin heiraten wollte.«
Wir brauchten eine Weile, um all die Informationen, die in diesen wenigen Worten enthalten waren, zu verdauen.
Jérémy platzte als erster los:
»Willst du damit sagen, dass du, wenn du keine … dass du dann nicht mehr …«
»Genau.«
»Das heißt, ihr habt noch nicht … er hat dich noch nicht …«
»Gevögelt? Gebumst? Gepudert? Gefickt? Gestoßen? Gerammelt?« fragte Thérèse, sich Jérémys Wortschatz bedienend. »Nein. Ich habe beschlossen, als Jungfrau in die Ehe zu gehen. Ein kleiner Hauch Originalität in unserer Familie …«

»Soll das eine Anspielung auf Maman sein?«
»Maman ist Maman. Ich bin ich.«
Und der Abend fing an, in die Binsen zu gehen. Jérémy, der aufs heftigste Partei für unsere Mutter ergreift, Thérèse, die ihren Angriff verteidigt, bis zuletzt alles auseinander stiebt und die Türen knallen – wie in den wohlstrukturiertesten Familien.

KAPITEL III

Worin gesagt wird,
dass die Liebe eben das ist,
was man ihr nachsagt

5

Ich habe alles, aber auch wirklich alles unternommen, um diese Heirat zu verhindern. Als erstes habe ich Théo an die Luft gesetzt, der allzu heftig für Thérèse Partei ergriff. Er hatte sich gerade bis über beide Ohren in einen Börsenmakler verknallt und propagierte, die Leidenschaft sei der letzte Wert unserer Gesellschaft, in den sich flüchten lasse. Mit der ihm eigenen Logik warf er Argumente in die Debatte, die mir unter anderen Umständen gefallen hätten: »Lass Thérèse diesen Kerl heiraten, Ben, wenn du wüsstest, wie gern Hervé und ich ein Kind machen würden!«
»Tust du mir einen Gefallen, Théo?«
»Welchen du willst.«
»Verzieh dich und komm erst wieder, wenn ich die Sache geregelt habe.«
»Benjamin, ich fühl mich so wohl bei euch. Sie haben Hervé nach Tokio geschickt, und ich hab kein Geld, um Abende lang zu telefonieren.«
»Wir legen zusammen.«
Worauf ich mir Jérémy vornahm. Er sah in mir nur einen beschränkten, autoritären Familienvorstand, der sich einer Liebesheirat widersetzte, »wie die alten Blödmänner bei Molière«, erläuterte er.

»Jérémy, sag mal, wann hab ich dir eigentlich die letzte Tracht Prügel verabreicht?«
Während er sein Gedächtnis durchforstete, drückte ich mich deutlicher aus:
»Misch dich noch einmal in diese Angelegenheit ein und ich verpass dir eine, von der du dich nicht so schnell wieder erholst. Ist das klar? Apropos, wo ich gerade dabei bin: Lass diesen Stuss mit dem Lejoli-Plakat, sonst erledigen dich diese Muskelpakete, die es nachts wieder ankleben, mit ihren Stiefelabsätzen.«
Nachdem ich die beiden abgehandelt hatte, konsultierte ich einzeln die Freunde, wie ein echter Parteichef, wenn aufpoliert wird. Es brachte nichts. Selbst der alte Semelle wusste nicht, wie die Sache zu verhindern wäre.
»Gegen eine Heirat kann man nichts machen, Benjamin. Nimm zum Beispiel meine Frau und mich. Unsere Familien waren dagegen. Mit Recht – ich hab die Gute mein ganzes Leben lang vertrimmt, und sie hat mir meinen Laden versoffen. Als ihre Leberzirrhose mich dann zum Rentner gemacht hat, besaß ich keinen lumpigen Sou für die Beerdigung, erinnerst du dich? Wenn ihr nicht gewesen wärt, hätt sie ein anonymes Armenbegräbnis gekriegt. Tja, und jetzt tuts mir Leid ... Ich meine, weniger um sie«, stellte er richtig, »sondern, dass wir geheiratet haben.«
Julie, die eine Weltreise der Liebe unternommen hatte, ehe wir uns begegnet waren, musste eine gute Ratgeberin sein. Als ich sie fragte, was sie ehrlich über Marie-Colbert dachte, ihre Meinung als Frau, da antwortete sie mir:
»Gummi.«
»Was?«

»Er hat einen Amtsarztteint und Gynäkologenfinger. Der vögelt mit Gummi. AIDS hin oder her, solche Typen haben schon immer mit Häubchen gevögelt.«
»Ich dachte, jeder echte Politiker hätte Priapismus und wäre ein großer Wandervögler.«
»Was aus ihnen nicht unbedingt gute Liebhaber macht und jedenfalls immer miese Ehemänner.«
»Julie, wie kann ich das verhindern?«
»Erst mal nicht.«
»Und später? Nach erschöpfender Überprüfung des Mannes?«
Der Gedanke kam mir, während ich die Frage stellte. Wir mussten über Marie-Colbert de Roberval Ermittlungen anstellen. Ich wollte alles über diesen Kerl wissen, über seine Laufbahn, seine Familie, seine Abstammung, sein Reptilhirn, über alles.
»Wenn Thérèse schon in den Krieg zieht, dann soll sie es in voller Kenntnis der Sachlage tun!«
Julie mochte mir noch so sehr zu bedenken geben, dass in der Liebe das Wissen nur der Stein ist, an dem die Leidenschaft sich wetzt, und dass sie selbst, hätte man ihr vorab Einsicht in meine Akten gewährt, sich dennoch in mich verliebt hätte – in ihrem Auge flackerte gleichwohl die Ermittlergier, Marie-Colbert konnte sich auf eine hübsche Durchleuchtung gefasst machen.
»Vergiss den Tod des Bruders nicht, Julie. Selbstmord in der Politik steht oftmals im Passiv. Ich würde gern wissen, ob Charles-Henri den Kopf selber in die Schlinge gesteckt oder ob man sie ihm um den Hals gelegt hat.«
Mit Hadouch, Mo dem Mossi und Simon dem Kabylen startete ich den Angriff an einer anderen Front. Ich wollte die Sache mit dem chinesischen Hausangestell-

ten überprüfen. Stimmte es, dass Thérèse eine Kantonchinesin aus Belleville ins Bett ihres Gatten zurückgebracht hatte? Und dass besagter Gatte bei einem Exminister in Lohn und Brot stand, und besagter Exminister mit Marie-Colbert auf Du und Du? Stimmte es, dass am Ende dieser Kette Marie-Colbert meine Schwester in ihrem tschechischen Wohnwagen aufgesucht hatte? Wenn dies der Fall war, wie viele Politiker kamen zu Thérèse, um sich von ihr das I-Ging legen zu lassen? Seit wann? Wie weit hatte sich Thérèse auf dieses Terrain begeben? Und wie bezahlten diese Leute?
Hadouch, Mo und Simon speicherten dies alles im Gedächtnis, ohne sich Notizen zu machen. Sie hörten mir zu, während sie in Gedanken bereits die Arbeit untereinander aufteilten. Als wir die Sitzung aufhoben, bemerkte Hadouch nur:
»Ehrlich, Ben, du kriegst was von eim Mafioso! Man könnte meinen, ein Don Corleone des Kinos.«
»Da sind die Araber dran schuld. Ihr habt mir so oft gesagt, ich sei euer Bruder, dass ich Familiensinn bekommen habe.«

Ich verlor gleichwohl nicht den Kontakt zu Thérèse. Sie ging mir nicht aus dem Weg, und wir führten lange Gespräche über die Liebe, über deren scheinbar feste Balken und ihre Gefährdungen.
»Du liebst ihn, du liebst ihn, woher *weißt* du, dass du ihn liebst, Thérèse?«
»Weil ich in ihm nicht lesen kann. Ich kann nicht durch ihn hindurchschauen. Ich sehe nur ihn.«
»Der Schleier der Liebe?«

»Anziehung und Vertrauen, ja.«
»Und worauf gründet das Vertrauen, meine Güte?«
»Auf der Anziehung.«
Manchmal bekam sie geradezu etwas Aufmüpfiges.
»Vergiss nicht, wie du Julie kennen gelernt hast, Ben … Eine Pullover-Diebin. (Als ich mit Théo im Kaufhaus gearbeitet habe, richtig.) Dabei hast du uns immer das Klauen verboten … Worauf gründete denn dein Vertrauen, kannst du mir das sagen? Auf ihren Maßen, mein kleiner Bruder. Ich wollte diese Schwägerin damals auch nicht, erinnerst du dich?«
Ich erinnerte mich sehr gut daran. »Wie schaffen Sie es, mit diesen großen Brüsten auf dem Bauch zu schlafen?« Mit dieser Frage war Julie von Thérèse empfangen worden.
»Ich habe mich damals getäuscht, Benjamin, so wie du dich jetzt in Bezug auf Marie-Colbert täuschst.«
(Marie-Colbert … ich werde mich nie daran gewöhnen.)
Gespräche, die wir nach dem Abendessen führten. Dann gingen Thérèse und ich den Boulevard de Belleville hinunter, vorbei am Zèbre, das seit unvordenklichen Zeiten zum Verkauf ansteht und immer noch nicht verkauft ist, als wäre es etwas Heiliges, aber zuletzt wird es verscherbelt, denn nichts ist mehr heilig, dieses Gerippe eines Kinos ebenso wenig wie das lange Knochengestell an meiner Seite, das die Passanten wie eine vertraute Erscheinung begrüßen, meine Thérèse, die von einem dreckigen Vonundzu ich weiß nicht in welcher dunklen Absicht gerade manipuliert wird …
»Achtung, Benjamin, ich weiß, was du denkst …«
Leises Lachen.

»Vergiss nicht, noch bin ich Jungfrau.«
Schließlich bogen wir wieder in die Rue de l'Orillon ein, wo Jérémy und der Kleine mit ihren Freunden Basketball in einem Eisenkäfig spielten – ein Vorgeschmack auf unsere Bronx. Oder wir gingen die Rue Ramponneau hinauf, wo jene Totgeburt des neuen Belleville mit seiner autistischen Architektur dem alten krakeelend wuseligen gegenübersteht, einem Belleville wo jüdische Mamas, deren prächtige Hintern über den Stuhlrand hängen, sich bei Thérèse bedanken, weil »*es*« durch sie wieder ins Lot gekommen ist, und uns zum Tee einladen oder uns Pinienkerne und Minze schenken, damit wir den Tee zu Hause selber brauen können: »Komm, meine Tochter, sag nicht nein, beim Leben meiner Mutter, ich schenke es dir von Herzen!« Ein andermal wieder liefen wir die Rue de Belleville bis zur Métro Pyrénées hinauf, eine lange Durchquerung von China, und auch da wieder ewige Dankbarkeit gegenüber Thérèse, Krabbenchips, Nuoc-mâm-Flaschen, »*Yao buyao fan,* Thérèse? (Willst du Reis, Thérèse?) Doch, doch, nimm! Es bleided mil Flojde!« Und bei den Türken Blätterteiggebäck und als Dreingabe eine Flasche Raki; wir hatten immer eine große Einkaufstasche dabei, Thérèse schlug nichts aus, dies war ihre Art, sich im Viertel bezahlen zu lassen, wie ein Geistlicher von einst, den die Hühnchen der Absolution ernährten …
»Ich lade sie alle ein«, kündigte sie mir eines Abends an.
»Wozu?«
»Zu meiner Hochzeit. Alle meine Kunden. Das wird Marie-Colbert Freude machen.«
»Glaubst du?«

»Ich bin sicher.«
Tout-Belleville, das anstelle der mit Bann belegten Familie Malaussène in die Kirche von Saint-Philippe-du-Roule strömt – etwas Schöneres könnte ich mir kaum wünschen, aber ob Marie-Colbert …
»Du irrst dich, Benjamin, ich weiß ein paar Kleinigkeiten über ihn, von denen du nichts ahnst …«
Zum Beispiel, dass er so offen war, die Streuengelchen unter Gervaises Hurenbabys auszuwählen.
»Was?«
»Ja doch, Benjamin. Er ist mit mir in die Fruits de la passion gegangen, und er, *er* hat Gervaise gebeten, die Streuengelchen für uns auszusuchen. Kinderelend, das beschäftigt ihn sehr. Frag Clara.«
Das Ganze gesagt in der Rue des Pyrénées, als sie die Abendzeitung im Einkaufskorb verstaute, die unser Freund Azzouz uns im Vorübergehen zusteckte, ehe er das Gitter vor seiner Buchhandlung herabließ.
Über ihre Kunden, die sie zur Trauung einladen wollte, sagte Thérèse noch:
»Das bin ich ihnen wirklich schuldig, da ich ja nach meiner Hochzeitsnacht nichts mehr für sie tun kann.«
Richtig. Ein Detail, das ich vergessen hatte. Verlust der Sehergabe durch Defloration. Sollte es möglich sein, dass Thérèse an solch einen Blödsinn glaubte? Hin und wieder packte es mich. Dann suchte ich vergeblich herauszufinden, was an meiner Erziehung meine Schwester derart zu den Sternen getrieben hatte, und wann sie davon gepackt worden war und warum … Doch was mir jedes Mal den Rest gab, war der Ton der Selbstverständlichkeit, in dem sie antwortete:
»Wann es angefangen hat? Na, als ich meine Regel gekriegt hab natürlich!«

Als ich – ein wenig bitter – anmerkte, dass ihre vermeintliche Sehergabe uns nie den leisesten Ärger vom Halse gehalten habe, konterte sie wieder mit dem berühmten Schleier der Liebe: »Liebe macht blind, Benjamin, Liebe *muss* blind machen! Sie hat ihr eigenes Licht. Das blendet.«
Mit anderen Worten, für die Familie, die Freunde oder sich selbst die Zukunft vorauszusagen, war also Informationsmissbrauch.
»Kann man so sagen, ja.«

Und da habe ich sie betrogen. Im Laufe dieses Gesprächs. Ich bin heute nicht sonderlich stolz darauf, doch mir blieb keine Wahl. Meine Überlegung war einfach. Wenn Thérèse ihre eigene Zukunft und die von MC2 nicht voraussagen konnte, so würde ich ihr jemand anderen schicken, eine vollkommen fremde Frau, aber mit ihren, Thérèses, astrologischen Daten: Geburtsstunde, -datum, -ort, und mit denen dieses Roberval. Die Frau würde ihr das Ganze als objektives, *sie*, die Fremde, und *ihre* Heirat betreffendes Datenmaterial vorlegen; so würde Thérèse die eigene Zukunft lesen, während sie annahm, die eines anderen Paares vorauszusagen. Und da sie an die Sache glaubte, konnte sie sodann nach Aktenlage entscheiden.
»Bist du dir im klaren darüber, dass das absolut hinterfotzig ist?« gab mir Hadouch zu bedenken.
»Such mir jemanden, der das machen kann, und überlass es mir, mit meinem Gewissen zurande zu kommen.«
(Aber es stimmte, ich bekam allmählich etwas Mafioses. Ein beschissener kleiner Pate.)

»Schon gefunden. Rachida, die Tochter von Kader, dem Kutscher. Ist gerade sitzen gelassen worden, von einem Bullen, der ihr die Hölle heiß gemacht hat. Ein klauender Bulle, stell dir vor. Sie hat es versäumt, vor der Heirat die Akte ihres Zukünftigen einzusehen, und das als Sekretärin, die für Dokumentation und Ablage zuständig ist. Sie hätte sich mal vorher die Karten legen lassen sollen. Sie macht das für Thérèse.«

6

Als Erste kam Julie zum Rapport.
»Wo soll ich anfangen, Benjamin, bei dem Marie-Colbert von heute oder bei seinen Vorfahren? Folgen wir dem Lauf der Geschehnisse geschichtsabwärts oder geschichtsaufwärts?«
»Gehen wir chronologisch vor, Julie, nach der guten alten Genealogie. Von den Anfängen bis zum heutigen Tag.«
Und Julie trug mir ihren Bericht vor, den ich hier in seiner deprimierenden historischen Trockenheit wiedergebe:
»Vorab: Marie-Colbert ist ein Vorname, der von Generation zu Generation vererbt wird. Du wirst sehen, wir steigen gleich beherzt in die hohe Politik ein. Der erste Marie-Colbert wurde unter Louis XIV. geboren, um das Jahr 1660 herum, er war die Frucht eines Comte de Roberval und der Nichte Colberts. Dieser Graf war nicht unbeteiligt an Colberts Sieg über Fouquet. Als Beisitzer bei dem manipulierten Prozess gegen diesen seifte er den Finanzminister so gründlich ein, dass der bis ins Staatsgefängnis von Pignerol rutschte, wo er, wie du weißt, unter ungeklärten Umständen gestorben ist.«

»Passiver Selbstmord?«
»Zweifelsohne. Als Folge erbt der Comte de Roberval einen Teil von Fouquets Besitztümern und nennt seinen Sohn zu Ehren des Häuptlings Marie-Colbert. Ende des ersten Akts oder *vom Ursprung eines Reichtums, der auf Schweigen gründet.* Zweiter Akt, rund fünfzig Jahre später: Der kleine Marie-Colbert ist erwachsen geworden und findet sich an der Spitze der Compagnie d'Occident, diesem von Law gegründeten staatlichen Geldbeschaffungsunternehmen, das maßgeblich zu Laws Bankrott beitrug. Marie-Colbert war freilich vorausschauend genug, eine Pâris-Tochter zu heiraten (es geht auf seine Denunziation zurück, dass die Brüder Pâris den Sturz des Bankiers betrieben); zur Belohnung fällt ihm die gesamte Rue Quincampoix zu, dort nämlich war der Schauplatz von Laws Finanzspekulationen, und in der Nummer 60, einem Stadtpalais, wohnt auch unser heutiger Marie-Colbert. Im dritten Akt findest du einen Marie-Colbert unter jedem Regime. Talleyrand allein hat drei verbraucht (sie starben jung, aber vermehrten sich schnell): einen, um für die Beschlagnahme der Kirchengüter votieren zu lassen, von denen Talleyrand – im Namen der Nation – sich einen Teil selbst zugute kommen ließ; den zweiten, um die Beute zu verwalten, die Napoléon auf seinen europäischen Eroberungszügen zusammengerafft hatte (dieser Marie-Colbert leitete zu selbigem Zwecke ein Schattenministerium); und den dritten, um 1830 mit Geld die Restauration zugunsten der Orleanisten zu betrügen. Ende des dritten Aktes, der Reichtum ist nicht mehr bezifferbar. Vierter Akt, 1887, Dritte Republik, Panamakanal: Im Auftrag des Bankiers Reinach wirkt ein Marie-Colbert darauf hin, dass

die Kammer eine Staatsanleihe beschließt, durch die 800 000 Anleihegeber um ihr Geld gebracht werden, überwiegend zu seinem Gewinn. Marie-Colbert berührten die Ermittlungen nicht, sie führten aber (nach Denunziation) zur Verurteilung des Ministers Baïhut sowie zu Reinachs Tod.«
»Selbstgemordet?«
»Die Geschichte besagt, man habe ihn tot in seinem Hause aufgefunden. Aber hör dir noch die beiden folgenden Szenen desselben Aktes an. Ein Marie-Colbert, der erstens Ende 1933 in die Stavisky-Affäre verwickelt ist und zweitens zehn Jahre später den Posten eines Kommissars für jüdische Angelegenheiten bekleidet: Beschlagnahme von jüdischem Eigentum! Dieser Marie-Colbert ist der Großvater von unserem. Und schließlich war in der Stavisky-Affäre (wo es um die Ausstellung von falschen Kassenanweisungen in Höhe von mehreren zehn Millionen Francs durch Staviskys Crédit municipal in Bayonne gegen Hinterlegung von gestohlenen Edelsteinen ging) der Dienst habende Marie-Colbert ein Schwiegersohn jenes Juweliers Hamelster, den man bis zum letzten Smaragd ausraubte und der sich dann erhängte.«
»Ziemlich viele Erhängte und ziemlich viele Denunzierungen.«
»Sag mir nicht, die Grafen de Roberval seien Gewichte, mein Lieber, das wäre ein wenig geschmacklos.«
»Jedenfalls eine Dynastie von Galgenstricken.«
»Oder mit langer Finanztradition, je nachdem.«
»Und unserer? Also, der von Thérèse …«
»Da muss ich dich enttäuschen, Benjamin.«
Tatsächlich hätte mich freuen müssen, was Julie mir

ankündigte. Aber weiß der Teufel warum, ich empfand eine hässliche Enttäuschung.
»Unser Marie-Colbert ist die gigantische Ausnahme, welche die Regel durchbricht. Was sage ich: nicht durchbricht – außer Kraft setzt! Annulliert! Unser Marie-Colbert ist ein Heiliger. Angefangen bei seinem Erste-Hilfe-Abzeichen mit zwölf Jahren bis zu den humanitären Aktionen, die er überall initiiert, wo es am Ende unseres Jahrhunderts Schlachtfelder, Embargos und sonstige Katastrophen gibt, und er zeigt sich umso mehr über jeden Vorwurf erhaben, als er im Gegensatz zu anderen Wohltätern mit vorbildlicher Diskretion und stets größter Effizienz handelt.«
»Und der erhängte Bruder?«
»Depressionen. Ich habe den Arzt aufgetrieben, der ihn behandelt hat. Seine Frau hatte ihn sitzen gelassen. Er war ein Mann, der liebte, Benjamin, wie du.«
»Und Marie-Colbert ein echter Heiliger.«
»Das Mitgefühl, das Mensch geworden ist.«

Die Ergebnisse von Hadouch gingen in dieselbe Richtung.
»Liegst voll daneben, Ben. Simon hat den Chinesen und seine Frau aufgetan. Kein Zweifel, dass Thérèse denen den Liebestrank eingeflößt hat. Und was den Boss von dem Diener betrifft, also den Minister, der hat deine Schwester nicht aufgesucht, aber Marie-Colbert hat er tatsächlich zu ihr geschickt, weil der Tod von seim Bruder den ganz kirre gemacht hat. Vor über einem Jahr, und soweit ich rausgekriegt habe, ist seitdem kein andrer Politiker bei ihr aufgetaucht, nicht aus der alten, nicht aus der neuen und auch nicht aus der künf-

tigen Regierung. Was die Bezüge von Thérèse betrifft, so lässt sie sich wie immer entlohnen, in Form von Essbarem, Stoffresten, kleineren Gegenständen, aber meist lehnt sie ab, unter dem Vorwand, sie wär nicht zum Geldverdienen da, sondern um den andern, die es brauchen, welches zu verschaffen. Sie behauptet, dass nur ›durch Güte die Sehergabe sich erneuert‹ (guck nicht so, Ben, das sind ihre Worte) und dass die, die sich zu teuer bezahlen lassen, zwangsläufig Scharlatane sind, weil Habgier blind macht. Trotzdem gilt sie als Universalgelehrte, und entschuldige den Ausdruck, wo es sich um deine Schwester handelt, aber wenn sie die Ader richtig ausbeuten würde, könnt sie sich goldene Eier verdienen. Sie praktiziert alle Arten von Wahrsagerei: Hellsehen, Handlesen, Weinlesen, Handauflegen, Stäbchen, Tarot, Kristallkugel, Kaffeesatz, Sand, Muscheln, Runen und anderen Klimbim, sie bietet alles für alle Ethnien von Belleville ... Aber das Beste kommt noch ... halt dich fest ...«

Wir saßen bei Amar. Neben uns verdrückte der alte Semelle sein tägliches Couscous Merguez.

»Warum willst du an so was nicht glauben, Benjamin?« fragte er, während Hadouch sich eine Verschnaufpause gönnte. »Ich geh auch zu Thérèse, jede Woche! Und das bringt mir mächtig was!«

Mir ging ein böser Gedanke durch den Kopf, Semelle betreffend und sein Couscous Merguez, seine zerlumpten Klamotten, seine zerfetzten Latschen ... Ich fragte mich, wie er wohl aussähe, wenn Thérèses Voraussagen bei ihm in die Hose gingen. Ganz allgemein fragte ich mich, wohin sich diese verdammte Welt bewegte und ob Thérèse womöglich beschlossen hatte, die letzten tragenden Pfeiler eines Universums in die

Luft zu jagen, das nur darauf wartete, in Irrationalismus zu versinken. Semelle schenkte mir, was er an Lächeln noch aufzubieten hatte:
»Sie will, dass ich den Trauzeugen mache, wusstest du das?«
Ich wollte ihm schon gratulieren, als er strahlend hinzufügte:
»Dann komm ich ins Fernsehen!«
»Ins Fernsehen?«
»Hat dir Thérèse nich gesagt: Die Hochzeit wird gefilmt! Und am Tag drauf gibts ne Sendung drüber. Wir kommen alle ins Fernsehen. Ich, ihre Kunden und alle Gäste!«
»Was?«
Semelle kam mir mit dem Gesicht immer näher, in seinen Augen glomm ein Erzengelfeuer:
»Damit soll den Armen geholfen werden, Benjamin, und Gervaise und ihren Hurenkindern oben am Montmartre.«
Hadouch lachte: Der Exkurs von Semelle musste sich allein schon meines Gesichts wegen gelohnt haben.
»Jaja, mein Bruder, die große karitative Hochzeit. Ein Projekt, wie es in den Zeiten der Arbeitslosigkeit die Kameras interessiert. Der Malaussène-Stamm ist nicht eingeladen, aber man kann die Hochzeit von Thérèse nach der Trauung am Sonntagabend im Kreise der Familie in der Glotze sehen.«
Ich spürte, dass ich aschfahl wurde. Hadouch legte mir die Hand auf den Arm.
»Kipp nicht gleich aus den Pantinen, du weißt noch nicht das Beste.«
»…«
»Das Beste, mein Bruder, ist, dass der Wohnwagen

von Thérèse seit ihrer Begegnung mit Marie-Colbert zur Drehscheibe humanitärer Aktionen geworden ist.«

Und Hadouch erläuterte mir, dass Thérèse geheimnisvollen Emissären, die ihr Marie-Colbert schickte, außer Zukunftsvisionen tonnenweise Medikamente schenkte sowie schlüsselfertige Apotheken und ganze Lager von Schulbüchern, kurz, Marie-Colbert und sie heilten, kleideten, nährten und bildeten ganze Länder und Völker, die allenthalben von örtlichen Tyrannen oder Embargos des guten Gewissens ausgelöscht wurden. Um Verstimmungen bei den betroffenen Regierungen vorzubeugen, geschah dies im Verborgenen, aber in großem Maßstab. Das Marie-Colbert-System ...

»...«

»...«

Nun denn. Schande auf mein Haupt! Verzeihen Sie mir, Marie-Colbert, und du Thérèse, o meine Thérèse, vergib mir. Halleluja, ziehet in Frieden, Gott segne euch, und ich, möge ich meine Zunge hüten. Es geht mir zwar gegen den Strich, aber ich widersetze mich nicht mehr eurer Verbindung.

Als Rachida Kader, die Sekretärin, und ich uns in der Rue des Pyrénées zu einem Couscous trafen (bei Areski im Deux Rives), hatte ich die Waffen bereits gestreckt. Schon ihre ersten Worte und ihre Miene bestätigten mir meine Niederlage.
»Gut, ich hab Ihre Schwester aufgesucht, aber ich sag Ihnen gleich, was ich zu erzählen habe, wird Ihnen nicht gefallen, Monsieur Malaussène.«

Meine kurz erhobene fatalistische Hand.
»Nennen Sie mich Benjamin, und es wäre schön, wenn wir uns duzen könnten, dann lässt sich die Kröte leichter schlucken.«
Areski hatte uns hinten im Saal an dem runden Tisch platziert. Wir flüsterten voller Heimlichkeit.
»In Ordnung, Benjamin. Aber um jedem Missverständnis vorzubeugen: Ich glaube nicht an diese verdammte Astrologie.«
Sie war leidenschaftlich, diese Frau, und wunderschön. Bevor sie unser eigentliches Thema in Angriff nahm, erläuterte sie ihre Auffassung dazu:
»Ich schätze Thérèse für das Gute, das sie tut, aber ich bin Betriebsrätin und wehre mich in der Firma gegen Einstellungen nach Zahlensymbolik, Sternenkonstellation, Graphologie und all diesem psychomorphologischen Quatsch ...«
Rachida ähnelte den Berberfrauen, mit denen Areski die Wände seines Restaurants geschmückt hatte: geradeheraus und nicht kolonisierbar. Sie begann mit einem Anfall hellsichtiger Übellaunigkeit:
»Schon als Kind habe ich den *Kleinen Prinzen* von Saint-Exupéry gehasst. Heute muss ich sagen, dass dieses Märchen die reine Lüge ist: Die Geschäftsleute zählen nicht die Sterne! Und befragen sie nur, wenn sie anstelle eines qualifizierten Bewerbers den debilen Neffen ihrer Frau einstellen. Soll ich dir was sagen, Malaussène? Jede Form der Wahrsagerei, egal welche, dient nur als Entschuldigung für die Vetternwirtschaft der Unternehmer. Man müsste die Headhunter enthaupten und den Bewerbern anraten, sich eine Sternenkonstellation von nicht kleinzukriegenden Hochbegabten zuzulegen. *Das* sollte deine Schwester

Thérèse machen! Man muss diesen ganzen Unfug von innen heraus sprengen.«

Rachida gefiel mir, Julie, das sag ich dir unumwunden, dieses herrliche Feuer gefiel mir. Sie war julianisch, die diabolische Variante. Eine wunderbare Nervensäge. Ganz wie du in deinen Anfängen. Als Areski die Bestellung aufnehmen kam, genehmigten wir uns zwei Makfoul und eine Flasche Rosé. Ich fragte trotzdem:

»Sag mal, Rachida, wieso hast du dich bei deiner Meinung über die Astrologie überhaupt bereit erklärt, mir diesen Gefallen zu tun?«

»Aus zwei Gründen. Erstens hat mich Hadouch darum gebeten, und Hadouch ist mir nicht gleichgültig. Und zweitens glaubt Thérèse ja an die Hellseherei, und da hab ich mir gesagt, dass ich nicht zögern darf, wenn ich dazu beitragen kann, ihr die Ehe zu ersparen, die ich mir geleistet habe.«

»Und was ist bei der Sache rausgekommen?«

Sie schaute mich an, öffnete den Mund, besann sich jedoch eines anderen und reichte mir einen Umschlag.

»Lies selber, Thérèse hat mir alles aufgeschrieben.«

KAPITEL IV

Worin zu sehen ist,
dass in der Liebe sogar die Sterne
schummeln

7

Man will nicht, was man will, das ist das ganze Dilemma. Als ich das Diktum der Sterne las, das Thérèse Rachida mitgegeben hatte, hätte ich vor Freude in die Luft springen müssen. Doch nein, schon bei den ersten Zeilen versank ich in Trübsinn: »Die Verbindung mit Jupiter, der durch das siebte Haus geht, weist auf einen heuchlerischen und zerstörerischen Partner hin«, schrieb Thérèse mit dieser Seismographenhandschrift, die sie bekam, sobald ihr die Gestirne die Hand führten. »Das Zusammentreffen von Pluto und Uranus kündigt eine vorzeitige Witwenschaft an …« Gütiger Gott im Himmel, eine »vorzeitige Witwenschaft …«, schwarz auf weiß, hier, vor meinen Augen … Marie-Colbert wird sterben, wie seinerzeit der Clarence von Clara …
Und so weiter, eine ganze Seite lang, auf der Thérèse ahnungslos die Katastrophen zu Protokoll nahm, die der Himmel ihr prophezeite. Und als Krönung des Ganzen natürlich: »Ein harmonischer Aspekt im fünften Haus lässt die Möglichkeit einer Geburt nicht ausgeschlossen erscheinen …« Was du nicht sagst! Wie wir alle wissen, sind die »Möglichkeiten einer Geburt« im Stamme der Malaussènes stets mehr als eine

Gewissheit, weshalb wir bereits anfangen können, Windeln zu horten und Fläschchen zu sterilisieren. Aber der Stil dieser Sterne … trotz allem! Die reinste Behörde! »Merkur im neunten Haus verspricht eine kurze Auslandsreise … Die Beziehung zum zweiten Haus lässt ein an Banken reiches Land als wahrscheinlich erscheinen.« Und welche Fürsorge! »Ein an Banken reiches Land«; Sex, Zaster und Sex … o Lauterkeit des Himmelsgewölbes …!

Ich hätte also beim Lesen dieser Zeilen vor Freude in die Luft springen müssen. Thérèse war gerettet. Dieses Urteil der Sterne musste dem verblendetsten Herzen die Augen öffnen. Wir würden um die Aussteuer und die Scheidungskosten herumkommen. Thérèse, du wirst doch nicht einen Fuzzi heiraten, bei dem »Jupiter nicht mit Pluto harmoniert«! Hör doch, Thérèse! Umso mehr, als dieser Typ es fertig bringt, »Mars und Uranus im achten Haus« einzuquartieren, was ihm »einen plötzlichen und gewaltsamen Tod« sichert! Thérèse, du siehst doch selber …

Aber so richtig froh machte mich das nicht. Ich mochte mir bei diesem Sternenstuss noch so sehr an den Kopf greifen, das änderte nichts daran, dass Thérèse mit eiserner Stirn daran glaubte. Und weil das Mitgefühl aus allen Poren troff, löste sich der Bruder in den vorhersehbaren Tränen der Schwester auf. Ganz zu schweigen vom Gefühl des Verrats. Dieser Vertrauensbruch, den Thérèse mir nie verzeihen würde … diese Sternenschändung … dieser astrologische Übergriff … O Thérèse, vergib mir das Gute, das ich dir tun werde!

Da es sich um eine berufliche Frage handelte, wollte ich Thérèse nicht zu Hause darauf ansprechen; ich

stellte mich, den fatalen Umschlag an der Brust, in der Schlange vor dem tschechischen Wohnwagen an. Selbstverständlich begann es zu regnen. Tout-Belleville stand, neugierig auf seine Zukunft, im Regen. Links von uns der Père-Lachaise wusste, was uns erwartete, und auf der anderen Straßenseite das Bestattungsinstitut Letrou (das praktischerweise schon mit dem Namen auf die Grube hinweist) hatte das Schaufenster bereits mit unseren marmornen Grabplatten dekoriert. Dass die Totengräber ihren Laden gegenüber dem Friedhof aufmachen, kann man ihnen nicht vorwerfen: Es ist dies die obszöne Seite, die jeder Allegorie eigen ist. Die Babyausstatter unter den Fenstern der Geburtskliniken, das Arbeitsamt neben den Schulen, das Büro von Martin Lejoli im Haus daneben, die Kasernen gleich um die Ecke und das Bestattungsinstitut Letrou gegenüber vom Père-Lachaise … so ist das nun einmal.
Und wenn ich die Sache schießen ließe? Angenommen, ich würde Thérèse diese Heirat ersparen … könnte ich ihr den Rest ersparen? Den ganzen Rest? Die fatale Verkettung …
»Na, Benjamin, drückt dich der Schuh?«
Ich zuckte zusammen.
»Drückt dich der Schuh? Konsultierst du Thérèse jetzt auch?«
Der alte Semelle. Er hatte mir die Hand auf den Arm gelegt.
»Weißt du, was sie mir eben gesagt hat?«
Er kam gerade von Thérèse.
»Sie hat mir gesagt, sie würde nach der Hochzeitsnacht die Zukunft nicht mehr voraussagen können.«
Er stierte auf eine Pfütze zu seinen Füßen.

»Ich werd ganz schön rudern müssen.«
Seine Schuhe waren nicht mehr in dem Alter, wo man in Pfützen spielt. Mit seinem klatschnassen Kopf zeigte er auf die lange Warteschlange.
»All die Leutchen da werden ganz schön rudern müssen.«
»All die Leutchen da« traten auf der Stelle Wasser.
Ich unterdrückte ein gemeines Grinsen, konnte mir aber nicht verkneifen zu sagen:
»Ihr kommt alle ins Fernsehen, Semelle, das ist doch ein Trost.«

Es war ein ökumenischer Wohnwagen. Kreuze in allen Formen, Fatmas Hand in allen Farben, fluoreszierende Sternbilder, die an der Decke klebten, und auf die Vorhänge war die ganze Menagerie des Tierkreises gestickt: Für jede Verzweiflung gab es das Passende.
»Thérèse, ich hab was gemacht ...«
Geständnis, geflüstert im Zwielicht des Zwischenreichs, das erhellt wurde vom rötlichen Schimmer einer Kerze, die unter einer Iemanjá-Statue flackerte. Die Kerze erlosch nie. Noch in schwärzester Nacht wachte Iemanjá über Belleville.
»Thérèse, ich hab was gemacht, was du bestimmt widerwärtig findest.«
Ich legte den Umschlag vor sie hin. Ich erzählte ihr in einem Rutsch alles über den Betrug. Ich unterstrich mehrfach, dass Rachida nichts damit zu tun, dass ich die Sache eingefädelt hatte, zu ihrem, Thérèses, eigenen Wohl, denn sie hatte meinem brüderlichen Instinkt keinen Glauben geschenkt, daher meine Zuflucht zu den Sternen, damit sie die Sache objektiv

beurteilen könne ... tut mir Leid ... aber so wars ... so wars halt nun mal.

Die Thérèse, die mir auf der anderen Seite eines runden purpurnen Tischchens zuhörte, hatte sich nicht magierinnenhaft ausstaffiert. Keine Ringe, kein Schleier, kein Turban, nichts, was die Konturen auflöste; es war unsere Thérèse, vielleicht im Halbdunkel ein wenig hohlwangiger, aber ganz und gar unsere Thérèse, mit derselben knochigen Kantigkeit und derselben elektrisch aufgeladenen Stimme.

»Nein, Benjamin, ich bin dir nicht böse. Im Gegenteil, ich kann dir nur dankbar sein. Du hast deine Pflicht als Bruder getan.«

Dieselbe Behördensprache. Ihr Blick ruhte auf dem Umschlag, der auf der Kaschmirdecke des Tischchens lag. Sie rührte ihn nicht an. Sie wechselte das Thema:

»Erinnerst du dich, wer mir diese Iemanjá gegeben hat?«

Sie hatte sich der Statue zugewandt. Nein, ich erinnerte mich nicht.

»Ein brasilianischer Transvestit ...«

Ach natürlich! Ein Transi aus Brasilien, ein Spielkamerad von Théo. Aus der großen Zeit des Bois de Boulogne.

»Genau. Und erinnerst du dich, was dieser Transvestit zu mir gesagt hat, als er mich zum ersten Mal sah?«

»Nein, eigentlich nicht.«

»Er sagte auf Portugiesisch: ›*Essa mossa chorava na barriga da mãe.*‹ Dass ich schon im Bauch von Maman geweint hätte. Das ist das erste Zeichen für das Zweite Gesicht, Benjamin.«

Dann kam sie auf das Thema unserer Unterhaltung zurück:

»Hat dir Rachida gesagt, wie ich dieses doppelte Horoskop erstellt habe?«
»Mit den Daten, die ich ihr geliefert habe, oder?«
»Ich rede von der *Technik*, Benjamin. Hat sie dir gesagt, welche *Technik* ich benutzt habe? *Wie* ich es gemacht habe?«
Nein, Rachida hatte sich auf die Ergebnisse beschränkt.
»Ich habe mit Handauflegen gearbeitet. Ich habe den Umschlag nicht aufgemacht. Ich habe ihn auf dem Tischchen liegen gelassen, genau wie jetzt, und ich habe meine beiden Hände darauf gelegt. Ein Umschlag, den eine leidende Frau hier hingelegt hatte. Papier, das von Rachidas Schmerz vollgesogen war. Auch wenn der Umschlag nichts enthalten hätte, wären meine Schlussfolgerungen dieselben gewesen. Rachida bestand aus nichts als Schmerz; Wut und Schmerz. Als ich meine Hände auf diesen mit Leiden aufgeladenen Umschlag gelegt habe, habe ich nicht die Zukunft meiner Ehe, sondern Rachidas Vergangenheit gelesen.«
(Was? Wie bitte? Was hast du gesagt? Habe ich richtig gehört? Wiederhol das noch mal ...)
Thérèse wiederholte nicht, was sie gesagt hatte, sondern baute es aus. Der Polizistengatte von Rachida hatte sich in der Tat als »zerstörerisch« und über alle Maßen »heuchlerisch« entpuppt! Charme hatte er schon und eine kopfverdrehende Jugendlichkeit, doch!, aber ein »gewalttätiges und skrupelloses Temperament«, er hatte Rachida die Hölle heiß gemacht und würde gewiss sein Ende in den Vermischten Nachrichten nehmen.
»Aber ... die Reise ins Ausland ...«, sagte ich. »Das an Banken reiche Land ...«

»Das ist das Allerwitzigste an der Geschichte, Benjamin. Éric – dieser Flic hieß Éric – ist mit Rachida nach Monaco gefahren. Er spielte leidenschaftlich gern. Eines Nachts, nachdem er viel verloren hatte, ist er darauf verfallen, in die Wohnung einer Frau einzubrechen, einer regelmäßigen Spielerin, die übers Wochenende weggefahren war. Die Wohnung hatte ein besonderes Sicherheitssystem; automatisch sich verriegelnde Türen und zuklappende Stahlfensterläden setzten Éric bis zum Eintreffen der monegassischen Polizei fest.«

Ohne mir irgendwelche Illusionen zu machen, spielte ich meine letzte Karte aus:

»Und die prophezeite Schwangerschaft?«

»Rachida ist bereits schwanger. Entweder sie treibt ab, oder Hadouch adoptiert das Baby. Ich tippe eher auf die zweite Variante.«

»Hadouch und Rachida?«

»Ja, und ich glaube, mit dem Gauner hat sie mehr Glück als mit dem Polizisten. Die Moral aus der Geschichte müsste dir doch gefallen, mein kleiner Bruder.«

Thérèse betrachtete den Umschlag auf dem Tischchen, und mit einem unvermittelten Lächeln sagte sie:

»Also der Umschlag von Rachida enthielt Marie-Colberts und meine Geburtsdaten? Tja, siehst du, Benjamin, darauf wäre ich nie gekommen!«

8

In der darauf folgenden Nacht ergoss sich prasselnd in einem blindmachenden Schauer die Wolke aus Dreck und Kot, die mir seit dem Treffen im Crillon folgte. Schreiend wachte ich auf. Julie knipste sofort das Licht an. Doch klarer als in meinem Kopf konnte es nicht mehr werden.
»Ich weiß, was passieren wird, Julie.«
Und ich habe ihr gesagt, was passieren würde:
»Thérèse wird diesen Marie-Colbert de Roberval heiraten, der wie der Clarence von Clara ein echter Heiliger ist; und er wird sich abmurksen lassen, wie der Clarence von Clara. Und ich werde wegen Mordes angeklagt und ins Loch gesteckt. Aber diesmal geht es mir wirklich an den Kragen. Ich werde die ganze politische Klasse gegen mich haben, und kein pensionierter Coudrier holt mich da raus. Neun Monate später vermehrt sich der Malaussène-Stamm um einen neuen Esser, der aus Thérèses Schoß kommt, während ich hinter Gittern sitze. So, jetzt weißt du, was passieren wird.«
»Unterm Strich – das Übliche.«
Das war Julies ganzer Kommentar, bevor sie das Licht wieder ausknipste und weiterschlief.

Ich schlief allerdings nicht wieder ein. Ich stand auf und grübelte am Fenster vor mich hin. »Das Übliche« ... in diesem humorigen Seufzer lag eine entsetzliche Wahrheit. Nicht nur, dass die Geschichte unseres Stammes von einer ermüdenden schicksalhaften Wiederkehr der Ereignisse bestimmt wird, auch die große, die Weltgeschichte, wiederholt sich ja, was immer man denkt, sagt, erwägt, analysiert, schlussfolgert, vorsieht, entscheidet, beschließt, offiziell erinnert, was immer man unternimmt, die Geschichte wiederholt sich, und jedes Mal schlimmer, wofür die engelhafte und miese Visage von Martin Lejoli den Beweis liefert, die an der Wand gegenüber klebt, getaucht in Regen, orangefarbenes Straßenlaternenlicht und die Gewissheit seines letztendlichen Sieges. Gold, Gold, Gold, Gold ... hörte ich meine Herzschläge sagen ... oft genug wiederholt, wird es für die Menschheit bald so weit sein, eines, wie ich spüre, nicht allzu fernen Tages. Und für mich auch.
Ja, nicht fern lag der Tag, da ich meine Tage hinter Gittern beschließen würde.
Etwas sagte mir, dass es diesmal so weit war.
Ich sollte mich lieber gleich darauf vorbereiten.

Am nächsten Morgen beim Frühstück wagte niemand, mich zu fragen, woran ich dachte. Ich nippte nur an meinem Kaffee und verließ wortlos den Haushaltswarenladen. Ich ging in die Éditions du Talion, wo ich den Fahrstuhl zusammen mit der Königin Zabo betrat.
»Ich dachte, ich hätte Sie entlassen, Malaussène.«
»Stimmt, Majestät, und Sie haben gut daran getan. Ich brauche nur einen Rat.«

»In diesem Fall ...«

Sie bat mich in ihr Büro. Ich bat um einen Kaffee und die Anwesenheit meines Freundes Loussa de Casamance.

»Wenn ich Ihnen recht habe folgen können«, fasste die Königin Zabo zusammen, nachdem ich geendigt hatte, »bekommen Sie in Kürze eine langfristige Gefängnisstrafe wegen Mordes an einem ephemeren Schwager aufgebrummt, einem Oberrechnungsrat am Rechnungshof, richtig?«

»Ja, und zwar einem erster Klasse.«

»Und wie üblich wäre es Zeitvergeudung, wenn wir dich überzeugen wollten, dass dies alles ausgemachter Blödsinn ist?« fragte Loussa.

»Nun, dann sagen Sie uns, was wir für Sie tun können, mein Junge.«

»Mir eine Bibliothek empfehlen, die sich nicht abnützt, Majestät. Bücher, die ich lebenslänglich wiederlesen kann.«

Ja, meine Idee war, mich mit diesen beiden über die Zusammenstellung der perfekten Bibliothek des Knackis zu beraten. Ich muss sagen, sie haben wirklich ihr Bestes gegeben. Loussa riet mir zunächst zu Werken der spannungsreichen Flucht – *Der Graf von Monte-Cristo* und Perrets *Le Caporal épinglé* –, doch die Königin Zabo befand, dass ich nicht der Mann sei, mit bloßen Nägeln Tunnel zu graben, und dass Realitätsflüchtige wie ich in der Flucht der Gefängnisflure die Wände hochgingen, wenn sie von der weiten Welt läsen.

»Nein, Malaussène, wessen vier Wände eng gesteckt sind, der sollte nicht danach trachten, den gesetzten Rahmen zu sprengen. Der sollte seine Grenzen anerkennen.«

Ihre – recht überzeugende – Auffassung war, dass einer, der für den Rest seiner Tage in einer drei mal zwei Meter großen Zelle eingesperrt wäre, die Werke der Weltflüchtigen lesen sollte.

»Die großen Mystiker zum Beispiel; Johann vom Kreuz, kennen Sie Johann vom Kreuz, Malaussène? *Die Ersteigung des Berges Karmel*, sagt Ihnen das was? Die Nacht der Sinne und des Geistes und all das, nein?«

»Oder vielleicht Erving Goffman«, hakte Loussa ein. »Hast du *Asyle* von Goffman gelesen? Ein Essay über Asyle und andere geschlossene Orte. Das wird dir viel geben, mein kleiner Dussel. Darin findest du den Schlüssel zum Verhalten eines jeden im Universum der Kerker. Und wenn du zufällig eines Tages freikommen solltest, kannst du dich problemlos in der Psychiatrie einsperren oder als U-Boot-Soldat anheuern lassen. *Ba mian ling long*, wie die Chinesen sagen, man muss sich an seine Umgebung anpassen können.«

Es war kein verlorener Vormittag, das muss ich sagen. Die Königin Zabo und Loussa de Casamance empfahlen mir, was irgend an KZ-Literatur lieferbar ist, von Robert Antelme und Primo Levi bis zu Schalamows *Geschichten aus Kolyma*, und natürlich auch alles, was Chinesen anderen Chinesen angetan haben und ganz allgemein der Mensch dem Menschen in diesem von Ideen berstenden 20. Jahrhundert. »Und lies noch einmal *Die Mauer* von Sartre«, hatte mir Loussa noch geraten, »und *Gegen den Strich* von Huysmans«, die Königin Zabo, und dann hatten sie einander wild die Bälle zugespielt: *Das Schloss, Der Zauberberg, Die Frau in den Dünen, Robinson Crusoe,* die *Aufzeichnungen eines Wahnsinnigen, Paulina* von Jouve, ja, das doppelte Ein-

gesperrtsein von Paulina!, *Die Schachnovelle, Zeno Cosini, Überwachen und Strafen,* sie empfahlen mir an die hundert Titel, die ich sogleich bei meinem Buchhändler Azzouz bestellte, wobei ich ihn bat, sich jedes Kommentars zu enthalten.
»Ach, und vergiss nicht Ciorans *Hefte*«, hatte Loussa zuletzt empfohlen. »Cioran kennst du doch wenigstens! Ein Rumäne, der sein Gefängnis überallhin mitschleppte. Du wirst sehen, er hat dir einiges zu sagen über die Sinnlosigkeit der Flucht.«
Die Königin Zabo war da anderer Meinung:
»Aber nein, Cioran trug den Zellenschlüssel stets bei sich und wagte es nicht, ihn hervorzuholen, das ist etwas ganz anderes!«

Die nächsten Wochen vergingen mit zweierlei Vorbereitungen: von Thérèses Hochzeit und meiner Inhaftierung. Was Thérèse betraf, so stand ihr jeder mit Rat und Tat zur Seite:
»Eins musst du dir merken, damit du in der vornehmen Welt nicht als Trine dastehst«, sagte Jérémy, »Messer rechts, Gabel links.«
»Die Gabel mit den Zinken nach unten«, präzisierte Louna. »Es sind die Engländer, die sie andersherum legen.«
Der Freund Théo zwitscherte:
»Vertraue ganz auf mich, was dein Brautkleid betrifft. Komm her, meine Kleine, damit ich Maß nehme.«
»Théo, du bist ein *Schatz*«, jauchzte Thérèse in diesem verlogen begeisterten Ton ihres neuen Milieus.
»Ab morgen trainiere ich mit den Streuengelchen«, versprach Gervaise.

Und ich, ich hatte das Bett von Julie gegen eine Luftmatratze im Schlafsaal der Kinder eingetauscht. Da ich einige Jahre übervölkerte U-Haft vor mir hatte, war es besser, gleich zu trainieren, umgeben von le Petits Gestöhn, Jérémys Flüchen, Thérèses wie elektrisiertem Zucken, Verduns willkürlichem Erwachen und Julius' hündischen Ausdünstungen. Clara, C'Est Un Ange und Monsieur Malaussène machten keine Probleme, sie schliefen wie ein Stein ... – Gewiss gibt es noch in den schlimmsten Kerkern zwei oder drei ahnungslose Teufel, die schlafen, als wäre nichts.
Während unsere Familientafel davon profitierte, dass Clara ihrer Schwester einen Kochkurs gab – Thérèse hatte sich sagen lassen, kleine Gerichte erhielten die große Liebe –, aß ich einen von brackigem Wasser umspülten Flatschen Spinat mit Soleiern.
»Was machst du denn?« fragte der Kleine und übergab sich beinahe.
»Eine Kur.«
»Bist du krank?« fragte Jérémy.
»Ich immunisiere mich.«
»Du imwas?«
Ich bediente mich allenthalben dieser aggressiven Einsilbigkeit der tätowierten Knastbrüder, die le Petit und Jérémy sich Sonntag nachmittags so gern in den amerikanischen Filmen anschauten. Es gefiel ihnen, dass ich sie neuerdings begleitete.
»Na, Ben, biste jetzt endlich auf den Geschmack gekommen?«
»*Fuck you!*«
Niemand verstand, was genau ich machte. Ich trainierte heimlich. Das Unglück vorwegnehmen, ohne die Schrecken dieser Vorwegnahme anderen aufzubürden

– darin besteht das wahre Heldentum. Und außerdem, wenn ich ihnen gesagt hätte, dass ich eingebuchtet würde, hätten sie sich vielleicht einen feuchten Kehricht darum gekümmert. Jeder war von seinem Projekt absorbiert: Thérèse von der eigenen Hochzeit, die anderen von Thérèses Hochzeit und Julie von dem Buch, das sie über die exzentrische Dynastie der Marie-Colberts zu schreiben beschlossen hatte.
»Ich habe noch einen gefunden, Benjamin, im Jahre 1954, am Ende des Indochinakriegs, der Vater des Bräutigams, steckte bis zum Hals in dem Piasterskandal.«
Derweil wurde Thérèse immer stolzer auf ihren Marie-Colbert:
»Marie-Colbert ist etwas Wundervolles eingefallen! Statt im Printemps oder bei der Samaritaine mit ihren sündhaft teuren Preisen hat er die Geschenkliste bei Tati ausgelegt!«
(»Etwas Wundervolles ...«)
»Und weil unsere Gäste eher in bescheidenen Verhältnissen leben, hat er die Geschenke alle selber bezahlt! Sie brauchen, ohne einen Sou ausgeben zu müssen, bloß noch etwas auszusuchen, was sie uns überreichen wollen. Ist das nicht wundervoll?«
In jener Nacht war mir danach, mich im Keller in Ketten zu legen.

Und dann ist Julie ausgerastet. An dem Tag, an dem ich sie bat, mir meine Initialen auf das Häftlingsnecessaire zu sticken, rastete sie aus.
»O nein, Malaussène! Sag mir nicht, dass du *wirklich* für den Knast trainierst! (Dass sie mich Malaussène

nannte und kursiv mit mir sprach, geschah nur im äußersten Falle.) Ich dachte, du tust nur so, Mann! Nein, das ist kein Spiel? Es ist dir ernst? Du bist also so blöd, wie du aussiehst? In dem Fall, zieh Leine, aber sofort! Trainier woanders! Und mach diesen Roberval kalt, wenn du schon dabei bist! Damit du wenigstens einmal in deinem Leben für etwas verurteilt wirst, das du wirklich gemacht hast!«
Sie war vollkommen außer sich. Ich sah bereits Gegenstände gefährdet.
»Was will ich nur mit diesem weltlich verbrämten Priester, ich Vollidiotin! Mit diesem Mitleidsfanatiker, diesem Einfühlungsbesessenen, diesem Masochisten bis ins Mark, der nur noch sich Dornenkronen flechten und eine Schweißtuchmiene aufsetzen kann, sobald die Wirklichkeit nicht seinen bonbonrosa Idealen entspricht!«
Sie öffnete einen Koffer.
»Du fährst also ein, Malaussène? Soll ich dir dein Köfferchen vorbereiten?«
Sie warf alles hinein, was ihr in die Hände geriet – inklusive eines vollen Aschenbechers.
»Wir rufen ein Taxi, damit es dich in die Santé kutschiert, die Ermordung des Schwagers kommt dann noch! Bis dahin kannst du schon mal trainieren, dich in den Arsch ficken zu lassen! Denn das ist das Gefängnis, mein Lieber, nicht bloß Stinkfüße, Spinat und Soleier!«
Ich muss ein ziemlich eigenartiges Gesicht gemacht haben …
Denn sie hörte auf.
Sie dachte nach.
Sie öffnete meinen Gürtel.

Ihre Stimme verließ die Höhenlagen und begann in den Tiefen zu wildern.
»Ich an deiner Stelle, Benjamin, wenn ich wirklich Angst vor lebenslänglich hätte, ich würde mich anders vorbereiten. Ich würde das Leben von Brüsten trinken und vögeln, was die Eier halten, ich würde mir die besten Restaurants, die besten Filme, die besten Theaterstücke, die wahnsinnigsten Späße gönnen, ich würde es gehörig treiben, dass lebenslänglich zu wenig wäre, um mich all dieser aufgehäuften Lust zu erinnern ...«
Während sie unsere Klamotten im Zimmer verstreute, dachte ich nach.
Und ich schloss mich ihrem Programm an.
Bis zu Thérèses Trauung.

KAPITEL V

Von der Heirat
Was ihr vorausgeht und was ihr
natürlich
folgt

9

Thérèse als Jungfrau sah ich zum letzten Mal, als sie in Théos Brautkleid tauchte. »Tauchen« ist das richtige Wort. Es war ein nachtblaues Kleid, das sich über meiner astralen Schwester schloss, als wäre sie aus den höchsten Höhen des Himmels in die tiefsten Tiefen eines Meeres gesprungen. Dann tauchten Kopf und Hände wie durch ein Wunder wieder auf, und das Kleid begann zu funkeln! Unsere Kinder und die von Gervaise saßen wie um einen Geburtstagszauberer im Kreis um Thérèse und riefen oh! und ah!
»Der Große Bär!«
»Andromeda!«
»Der Orionnebel!«
Dies war Théos Idee gewesen: an dieses nächtliche Gewand alle Sternbilder zu heften, die sich hinter Thérèses Stirn drängten. Die Streuengelchen, denen meine Schwester das Firmament beigebracht hatte, als wäre es ein Buch, entdeckten mit strahlendem Eifer ein Sternbild nach dem anderen, während die Braut sich in anmutiger Schwerelosigkeit wie ein Raumschiff um die eigene Achse drehte.
»Kassiopeia!«
»Eridanus!«

»Der Bildhauer!«
»Der Südliche Fisch!«
»Der Stier! Der Stier!«
Schimmerndes Himmelsgewölbe, strahlendes Gesicht der Braut, welcher Théo einen Kranz aus fahlen Feuern aufsetzte, den der Kleine sogleich erkannte:
»Die Nördliche Krone! Das ist die Nördliche Krone! Ich war zuerst!«
Er war diesmal schneller als die Früchte der Leidenschaft gewesen und wollte, dass man es wusste. Théo verlieh ihm sein Himmelskundlerabzeichen:
»Ganz richtig, le Petit.«
Dann wandte er sich an mich:
»Und, Ben, was denkst du?«
Dass Théo sich auf der Stelle als Paillettensäer bei Walt Disney bewerben sollte, das dachte ich.
»Man sieht dir an, dass du unaufrichtig bist, Ben, du findest dieses Kleid bezaubernd und willst es nur nicht zugeben! Ein glastiges Kleid, mein Teurer ... Weißt du wenigstens, was es mir bringt?« flüsterte er mir ins Ohr.
»Zwei Tage in Hervés Armen. Marie-Colbert hat darauf bestanden, ihm ein Wochenende in meinem Bett zu schenken. Tokio –Paris in der Business-Class, hopp! Kommt goldrichtig, der Ärmste konnte schon nicht mehr. Ich übrigens auch nicht.«
Wirklich, Marie-Colbert besaß nichts als Vorzüge.
»Warte, das Schönste hast du noch nicht gesehen!«

Das Schönste war die Brautschleppe, die den Halleyschen Kometen darstellte. Bald sollte er seinen leuchtenden Schweif auf dem Kirchenvorplatz von Saint-

Philippe-du-Roule und auf dem Bildschirm entrollen, gehalten von den goldenen Fingerchen der Hurenbabys, die Théo als Sternschnuppen verkleidet hatte.
Denn ich muss ja trotz allem von dieser Fernsehübertragung erzählen, von diesem kariös-karitativen Hochamt, dieser gottverdammten Zierkirsche auf dieser lausigen Hochzeitstorte. Als ich Thérèse zu bedenken gab, dass es diesem ganzen Zirkus ein wenig an Intimität fehle, hielt sie mir entgegen, dass, wenn sie sich mit Marie-Colbert liiere, sie auch mit ihm koaliere und dass man ohne Halleffekt keinen Widerhall fände.
»Jede Ehe ist eine Aufgabe, Benjamin, und jede Aufgabe eine Selbstaufgabe. Meine Ehe halt ein wenig mehr als andere. Sagen wir, ich bringe mich den Kameras zum Opfer dar.«
Alles in allem die Vermählung der Jeanne d'Arc.
Kurz, am Tage nach der Hochzeit, dem Sendetag, am Sonntagabend, nahm ich mit einigen Millionen Fernsehzuschauern an der Trauung meiner Schwester teil. *Aufgenommen unter Livebedingungen*, wohlgemerkt. Anscheinend so bedingt live, dass der Regisseur die Hochzeitsgesellschaft ein Dutzend Mal die Kirche betreten und wieder verlassen ließ, als hätte das Schicksal sie ereilt.
Es war ein milder Abend. Amar, Hadouch, Mo und Simon hatten den Fernseher des Koutoubia in einem Baum auf dem Boulevard installiert und auf dem Trottoir sowie in der Seitenallee Tische und Stühle im Halbkreis gruppiert. Ganz Belleville war zugegen. Die Hochzeitsgäste und die anderen. Ein ökumenischer Geruch nach glacierter Ente und gebratenem Hammel einte diese Menschenmenge im gemeinsamen Duft des Korianders.

Rabbi Razon begoss die Zusammenkunft mit einem einfachen koscheren Bordeaux, sein Scherflein zu Thérèses Aussteuer. Die Augen zum Bildschirm erhoben, aß, trank und begeisterte sich ein jeder:
»Thérèse hatte mir vorhergesagt, dass ich ins Fernsehen komme!«
»Mir auch!«
Thérèse hatte sich nicht damit begnügt, die sie Verehrenden zur Hochzeit einzuladen, sie hatte sie zu kathodischer Herrlichkeit erhoben! Es roch unter diesem Baume nach ewiger Dankbarkeit.
»Ich muss schon sagen, Ben«, bemerkte Hadouch spöttisch, »dein Schwager hat Sinn für Feste!«
Mein Schwager hatte vor allem und unzweifelhaft einen langen Arm. Dank der Hofberichterstattung brauchte man keine zwei Minuten, um zu begreifen, dass der Film von langer Hand bestellt und vorbereitet worden war und so gedreht, dass noch das kleinste Detail dazu diente, Marie-Colbert de Roberval zu feiern, diese »Persönlichkeit, die mit so viel Diskretion ihrem karitativen Werk, mit so viel Hingabe ihrer Tätigkeit auf den Feldern des menschlichen Schmerzes (hoppla!) nachgeht«, dass sie heute als »die wieder gefundene Ehre einer durch Geschäfte allzu lang in Misskredit geratenen (hoppla, hoppla!) politischen Klasse erscheint«. Ja, dieser »aus dem Nichts aufgetauchte Unbekannte (von wegen!), der in der letzten Regierung einen Ministerstuhl ausschlug, um im kargen Rechnungshof seine freie Zeit dem Schmerz der Welt zu widmen« (tapferer Bursche …), dieser Unbekannte verkörperte »eine neue Politikergeneration, an die Frankreich bereits nicht mehr glaubte«.
Das Ganze vorgebracht mit bebender Stimme, wäh-

rend die Kamera über die »einfachen und multikulturellen« Gäste (wortwörtlich: »einfachen und multikulturellen«!) strich, die auf das Hochzeitspaar warteten.
Der alte Semelle stieß mich mit dem Ellenbogen an.
»Guck hin, Benjamin, jetzt wirds erst wirklich schön!«
Das Wirklichschöne erschien in Form einer Ambulanz auf dem Bildschirm. Einer schneeweißen Ambulanz mit einem blutroten Kreuz darauf. Thérèse und Marie-Colbert heirateten im Krankenwagen!
»Ein GMC«, erläuterte der alte Semelle. »Die Spezialanfertigung fürs Rote Kreuz von 42 nach dem Typ Baujahr 33. Ist nicht kleinzukriegen, die Kiste.«
Eine Ambulanz also von geschichtlicher Symbolkraft, mit lotrechter Windschutzscheibe, dicken Profilreifen und Heckfenstern in der Form von zwei Viertelmonden. Eine Ambulanz, wie man sie in den Filmen über die Befreiung von Paris sieht.
»Marie-Colbert hat mehr Phantasie als du glaubst, Benjamin.« Thérèse hatte mich vorgewarnt.
Thérèse, die ich jetzt aus dem Krankenwagen steigen sah, während ein Marie-Colbert in Smoking und weißem Zylinder ihr eine behandschuhte Hand reichte.
Um mich herum mischten sich die Hurras der Menge mit jenen Hurras, die sie am Vortag unter Livebedingungen ausgestoßen hatte.
»Komm, Julius, wir gehen nach Hause.«

Mehr wollte ich von dieser Trauung nicht sehen. Je stärker das Fernsehen es auf Überraschung anlegt, umso weniger überrascht es. Das liegt an seiner Magennatur; ein Magen überrascht nicht, er verdaut. Mitunter stößt er auch auf, dies ist das einzig Überraschen-

de, das man von ihm erwarten kann. Ich hätte den restlichen Kommentar wiedergeben können, ohne die Bilder gesehen zu haben: noch einige hochgestimmte Töne auf Marie-Colberts Liebe zur Menschheit, Authentizitätsbescheinigung von zwei, drei zu Tränen gerührten führenden Politikern, feierlicher Einzug in die Kirche (zu Klängen von Bach, versteht sich), Gedränge der »einfachen multikulturell geprägten« Menschen, denen ob der Pracht und Herrlichkeit beinahe die Augen aus dem Kopf fallen, Predigt des Geistlichen – des Bischofs, vermutlich ein Cousin des Bräutigams –, der sich darüber auslässt, dass zur Rechten des Vaters seit den Uranfängen die Langzeitarbeitslosen sitzen dürfen, Kommunion auf Teufel komm raus, schüchternes Jawort der Braut, verantwortungsvolles Jawort des Bräutigams, *Deo gratias* und Abflug in weißer Karosse (immer noch Bach-untermalt) zu einer Hochzeitsreise, deren Ziel »wir zur Wahrung der Intimität des Brautpaars geheim halten möchten«. Aber ich, ich wusste, wohin die Reise ging. Dieser Idiot von Marie-Colbert fuhr mit Thérèse nach Zürich.
(Nach Zürich!)
»Ist doch jedenfalls origineller als Venedig«, hatte Jérémy getrötet, als ich gemosert hatte.
Und nun, allein mit Julius in unserem Haushaltswarenladen, setzte ich mich auf Thérèses Bett, ich spann diese erbärmliche Posse für mich selber fort, und schon allein der Name Zürich schnürte mir das Herz ab. Ich dachte an ein Buch, das ich vor langem gelesen und das Loussa und die Königin Zabo vergessen hatten auf die Liste meiner Kerkerbibliothek zu setzen, ein Buch, von dem ich mich nie wirklich erholt habe, es heißt *Mars*, und ein junger Mann namens Fritz

Zorn stirbt darin leibhaftig live an einem schrecklichen Krebs, der seiner Meinung nach durch eine überlange Jugend am goldenen Ufer des Zürichsees verursacht wurde. Fritz Zorn schreibt, die Liebe mache die Würde des Menschen aus, und das prächtige Völkchen an den Ufern dieses Sees habe ihm diese Würde vorenthalten, und deshalb sterbe er.
Und dort, an diesem Ort des Sterbens, würde Marie-Colbert nun meiner Schwester die Liebe beibringen!
In dieser Nacht schlief ich auf Thérèses Bett ein, während mir noch einmal unsere letzten Unterhaltungen durch den Kopf gingen.

»Ich weiß, warum du Marie-Colbert nicht magst, Benjamin; er ist kein Gefühlsmensch, nein, aber er ist gut; er sieht aus wie ein Senatsabgeordneter im Keime und ist tatsächlich nicht ganz erwachsen, stimmt, aber er braucht den Glauben der Jugend, um zu erreichen, was er wirklich will; du hast den Verdacht, dass er nur an sich denkt, dabei unternimmt er im Gegenteil alles, um die Schäden einer Familie wieder gutzumachen, die nur für sich gelebt hat; du wirfst ihm seinen politischen Ehrgeiz vor ... warum machst du nicht selber Politik, mein kleiner Bruder! Du findest, er hat eine Edelfresse (doch, doch, das ist eines deiner Lieblingswörter, »Edelfresse« und »parfümierter Arsch«, le Petit und Jérémy haben die Ausdrücke übernommen), wenn du damit sagen willst, dass er uns nicht ähnlich sieht, Benjamin, dann schau uns doch an, wir sehen nach nichts aus.«
Sätze, die per Standleitung mit Marie-Colberts Neokortex verbunden waren:
»Ich brauche einen Mann und ein Leben, die nach et-

was aussehen, Benjamin, das ist meine Art, originell zu sein und mit dem Konformismus unserer Familie zu brechen ... denn was den Konformismus betrifft, ich will dich nicht verletzen, weißt du, aber da ist unser, wie du ihn ja gerne nennst, Stamm gar nicht so unbeleckt! Bis ins Mark originell sein – darin besteht unser Konformismus.«

Anderes hatte mehr nach feministischem Heimchen geklungen:

»Was wäre das Leben einer Frau, wenn sie nicht ein wenig ihren Mann zur Welt brächte? Damit aus einem Mann etwas wird, bedarf es vieler Frauen. Du zum Beispiel, Benjamin, da kann man sagen, was man will, vermurkst bist du nicht. Tja, und um dieses Ergebnis zu erzielen, waren Louna, Clara, Yasmina, Julie, die Königin Zabo und ich vonnöten. Sogar Maman hat das Ihre dazu beigetragen, das sagt ja wohl alles über die Bedeutung der Frauen! Gib Marie-Colbert diese Chance, lass mich ihn zur Welt bringen ...«

Dann, und dem ließ sich nichts entgegenhalten:

»Und erlaub mir, mich zu irren. Ich habe ein Recht auf den Irrtum, wie jeder. Weißt du, wovon Maman geträumt hat, als sie jung war?«

Damit hat sie mich, muss ich sagen, k.o. geschlagen.

»Schau, was ich in ihrem Tabernakel gefunden habe.«

Mamans »Tabernakel«, das war, was uns von unserer Mutter blieb, wenn sie in Liebe war. Ein mit Bastschnur zugebundener Weidenkoffer. Den Thérèse aus gegebenem Anlass inspiriert hatte. Sie hatte dem Koffer ein würfelförmiges, kartoniertes Buch entnommen. Nach Einband und Erscheinungsdatum zu urteilen, musste Maman es von ihrer eigenen Mutter vererbt bekommen haben: *Die Frau, der Arzt im Hause. Prak-*

tischer Ratgeber für die Ehe. (Dies war der Titel.) Doktor Anna Fischer. (Dies der Name der Autorin.) Von der Medizinischen Fakultät Zürich. (Zürich, damals schon Zürich!) Volksbuchverlag, 1934.
»Soll ich dir ein paar kurze Passagen daraus vorlesen? Nur die Sätze, die Maman unterstrichen hat ... Hör nur, Benjamin, hör nur, wovon unsere Mutter in meinem Alter geträumt hat:
»Sittlich und körperlich gesunde Personen sollten einander nur näher kommen, sofern ein wirkliches Gefühl der Liebe sie verbindet.«
Maman hatte »sittlich und körperlich gesunde« unterstrichen sowie »ein wirkliches Gefühl der Liebe«.
»Wenn in vielen Ehen der Mann es gegenüber seiner Frau an Achtung mangeln lässt, so deshalb, weil es ihr selbst an Scham und Würde mangelt.«
Am Rande: »Sehr richtig.« Gefolgt von zwei Ausrufezeichen: »!!« (Und das Maman!)
»Was ist die Grundlage für dauerhaftes Eheglück?« fragte die Autorin. *»Die Mäßigung beider Gatten«*, antwortete sie sogleich. »Ja!« hatte Mamans Bleistift ausgerufen. Thérèse hatte dieses »Ja« mit triumphierendem Zeigefinger hervorgehoben. Als junge Frau war unsere Mutter also von der Mäßigung verlockt worden. Unglaublich. Eine Mäßigung, über deren Natur kein Zweifel bestehen konnte, wie der folgende, doppelt unterstrichene Satz zeigte.
»Sich in den ehelichen Beziehungen mäßigen heißt, sie möglichst selten, keinesfalls mehr als ein- oder zweimal pro Monat auszuüben.«
Ein- oder zweimal pro Monat ... Und das Maman ... War das möglich? Und Thérèse hatte mit einem Glühen in den Augen abschließend bemerkt:

»Warum solltest du mich daran hindern, Mamans Traum zu verwirklichen, Benjamin? Wo sie gescheitert ist, kann ich es schaffen. Sie wäre stolz auf mich.«
Da habe ich dann die Waffen gestreckt. Zum einen, weil in Thérèses Stimme auch nicht ein Anklang von Ironie lag, und zum anderen, weil, wenn eine Stachanow-Arbeiterin der Liebe wie unsere Mutter je den Traum gehegt hatte, einmal pro Monat mit einem Mann zu schlafen, dies hieß, dass die Liebe ein allzu weites Feld war, um irgendeinen Ratschlag zu erteilen.
Weiß der Teufel warum, aber ich schlief über einem letzten Absatz aus *Die Frau, der Arzt im Hause* ein, der die Haarpflege betraf und mir im Gedächtnis geblieben war: »*Wiederholtes Schneiden kräftigt nicht die Kopfhaut, sondern schadet vielmehr der Vitalität des Haares. Die Neigung des männlichen Geschlechts zu Haarausfall soll hier ihre Hauptursache haben.*« (Maman hatte Geschlechts unterstrichen und mit einem Fragezeichen versehen.) Von einem Marie-Colbert träumend, dessen Mähne so lang und dicht war, dass Thérèse sie zu Zöpfchen drehte und unter einem Rasta-Haarnetz verstaute, sank ich in Schlaf.

10

»Kann ich mein Bett haben?«
Tief in meinem Schlaf war eine Stimme zu hören.
»Benjamin, kann ich mein Bett haben?«
Eine Stimme, die ich kannte.
»Wach auf, Ben, ich muss schlafen. Komm!«
Ich wurde unsanft gerüttelt.
Als ich die Augen aufschlug, stand Thérèse vor mir.
Als ich den Mund aufmachte, war sie es, die sprach.
»Nein, du träumst nicht. Ich bin wieder da. Es hat sich ausgehochzeitet. Gib mir mein Bett wieder. Ich muss schlafen.«
Rückwärts ging ich aus dem Zimmer. Thérèse schlüpfte unter die Decke und drehte sich zur Wand:
»Wir reden später.«

Außer Thérèse war nur noch Julie im Haushaltswarenladen. Louna hatte drei Tage Bereitschaftsdienst im Krankenhaus, Clara war in den Fruits de la passion, wo sie Gervaise ablöste, die anderen waren irgendwo unterwegs. Julie sortierte ihre über den Stammestisch ausgebreiteten Roberval-Materialien.
»Mich darfst du nicht fragen, Benjamin, ich weiß nicht

mehr als du. Sie ist eben gekommen und hat mir nichts gesagt. Willst du einen Kaffee?«
»Aber einen starken.«
(Samstag getraut, Montagmorgen in den Schoß der Familie zurückgekehrt ...)
»Wie viel Uhr ist es?«
»Halb zehn.«
(... Montagmorgen 9 Uhr 30 in den Schoß der Familie zurückgekehrt.)
Julie ließ den Schaum zweimal bis zum Rand des türkischen Mokkatöpfchens aufsteigen.
»Und versprich mir, den rächenden Bruder erst zu spielen, wenn du die Akte ganz studiert hast.«

Leichter gesagt als getan. Thérèse schlief den ganzen Tag. Am Abend, als der Laden sich zu beleben begann, wurde Order gegeben, sich nur auf Zehenspitzen zu bewegen und darauf zu achten, dass die Kleinen den Mund hielten. Als Thérèse gegen neun Uhr (21 Uhr) auftauchte – wir hatten ihr einen Teller warm gestellt, doch sie rührte ihn nicht an –, durchquerte sie den Haushaltswarenladen, ohne nach links oder rechts zu sehen. Sie sagte nur:
»Ich gehe Iemanjá ausmachen und ein paar Sachen holen.«
Sogar Jérémy stellte keine Fragen.
Schon war sie draußen.
Gut.
Ich fragte:
»Kommst du mit, Julius?
Julius der Hund kam immer mit.
Umso mehr, als es seine Zeit war, dem Monument, das

er zu Ehren von Martin Lejoli errichtete, ein Bauteil hinzuzufügen.
Im Freien also.
»Ich gehe Iemanjá ausmachen.« Dies war eine verschlüsselte Botschaft und besagte, dass die Ehe vollzogen worden war. Folglich: Verlust der Sehergabe. Iemanjá wurde nicht mehr gebraucht und der Schlüssel des tschechischen Wohnwagens an den Nagel gehängt. Meinetwegen. Aber was war bloß geschehen? Und so geschwind? War auch Marie-Colbert wieder zu Hause? Etwas verbot mir, dies in Erfahrung zu bringen, ehe ich mit Thérèse gesprochen hatte. Ich hatte in dieser Sache bereits allzu viele unnütze Initiativen ergriffen. Trotz allem, Zürich … Genügt dieser Stadt ein Tag, um ein Paar zu entzweien? Und was für ein Paar!
Es war einer dieser heißen Abende, wo Belleville bei offen stehenden Fenstern zu seinem eigenen Resonanzkörper wird. Ich hätte die Ohren spitzen und an allen Unterhaltungen teilnehmen können, die im Karree Rue Saint-Maur, Rue de Belleville, Rue des Pyrénées, Rue Ménilmontant geführt wurden. Bald würden diese Stimmen nur noch ein Thema bekakeln, und ich konnte mich im Einheitskopf meines Viertels denken hören. »Thérèse *ierdjà!* Thérèse ist zurück!« »*Ouahed barka*, ein Tag Ehe!« »Nicht mal ihre Mutter war je so fix!« »*Ouahed barka iaum*, stell dir vor!« »Bei meinem Leben, hättest du mir das gesagt, ich hätts nicht geglaubt!« »*Po tian huang!* Das erleb ich zum ersten Mal!«
So nahm ich meiner Gewohnheit gemäß mit abwesendem Blick auf Julius, der drückte, die Gespräche vorweg.
Julius, der drückte …

Merkwürdig der Blick eines Hundes, der drückt. Es ist eine Angelegenheit, die ihn jedes Mal beunruhigt. Er würde gern nicht gesehen werden, er würde gern anderswohin schauen, aber die Sache erfordert ganze Konzentration. Es gilt, ein wohlaustariertes Gleichgewicht des Hinterteils zu erlangen, eine exakte Vertikale zu berechnen, nicht die eigenen Pfoten zu treffen und nicht mit dem Arsch hineinzufallen. Eine ganze Anzahl von Parametern, die gleichzeitig gemeistert werden wollen. Man würde es gern schnell und diskret erledigen, aber das Geschehen erfordert Langsamkeit und Aufmerksamkeit. Die Stirn wird kraus und umwölkt sich. Wenn es eine Situation in seinem Leben gibt, wo der Hund zu denken, einen Moment der reinen Introspektion zu kennen scheint, so, während er drückt. Dann, und nur dann, erreicht der Blick des Hundes Menschenmaß. Ja, er wächst sogar darüber hinaus, zumindest nach jenem betrüblich simplen Blick zu urteilen, mit dem, über Julius dem Hund, Martin Lejoli vom Plakat herabsah. Unten Vielschichtigkeit, oben fixe Idee. Unten fruchtbares Ineinandergreifen aller Bedürfnisse und Wünsche, oben monolithische Besessenheit, in Julius' Augen alle Widersprüche des Menschen, im Blick des Präsidentschaftskandidaten ein einziger Beweggrund. Unten der Denker, oben der Geier. Und ich bekam Angst. Nicht vor dem Hund – vor dem Menschen. Die Intuition sagte mir, dass das Schlimmste unmittelbar bevorstand. Einmal mehr braute sich die Wolke aus Dreck und Kot über mir zusammen. Und ich bekam große Lust, mich davonzumachen, weit weg. Aber Solidarität verpflichtet, man lässt seinen Hund in dieser Haltung nicht im Stich.
»Beeil dich, Julius!«

Bloß, Julius der Hund konnte sich nicht beeilen.
Meine Angst steigerte sich …
»Nein, Julius, nein!«
… zu einem Entsetzen, das ich gut kannte.
»Das ist nicht der richtige Augenblick, verdammt!«
Doch die epileptischen Anfälle von Julius hatten sich nie den richtigen Augenblick ausgesucht. Und was er eben, unter diesem unglückseligen Plakat, mit visionärem Blick, zurückgezogenen Lefzen, vampirhaften Hauern und einer Guernica-Zunge im Begriff war, auszuhecken, war nichts anderes als ein epileptischer Anfall! Und die lange monotone Klage, die anhob, übertönte rasch die Unterhaltungen von Belleville, und ich stürzte mich in dem Augenblick auf meinen Hund, als er, noch immer in derselben Haltung und grauenvoll jaulend, zur Seite kippte, und ich packte seine Zunge, bevor er sie verschlucken konnte, und sein Jaulen hörte ganz unvermittelt auf, doch aufgestört durch diese schreckliche Not, die ich in seinen Augen las, dieses geisteskranke Flehen – Was ist, was ist los, was *siehst* du, Julius? –, tat ich etwas, was ich noch nie getan hatte: ich ließ ihn allein, mitten in seinem Anfall, und ich rannte dorthin, wohin zu rennen mir sein Blick gesagt hatte, und während ich rannte, begann die Luft von Belleville zu glühen, und gleich nach der Druckwelle *hörte* ich die Explosion, und ich rannte schneller, als man rennen kann, aber ich wusste, dass es zu spät war, und es war zu spät – als ich beim Père-Lachaise ankam, brannte der tschechische Wohnwagen bereits lichterloh, ein Feuer, das senkrecht zum Himmel aufstieg und dessen Hitze alle auf Abstand hielt, die sich ihm zu nähern versuchten, »Thérèse!« schrie ich, »Thérèse!«, und es gab eine

zweite Explosion, und ich sah den brennenden Körper, der aus dem Wohnwagen geschleudert wurde, und neben mir stürzte das Dach des Wohnwagens ein, und ich rannte weiter, fest entschlossen, Thérèse aus dem Inferno herauszuholen, doch etwas anderes stürzte auf mich und drückte mich zu Boden, eine Muskelmasse, die mich auf den Asphalt presste und mich vor den brennenden Trümmerteilen beschützte, und ich spürte an meinem Ohr den Atem von Simon dem Kabylen, der zu mir sagte: »Lass sein, Ben, lass sein, da ist nichts mehr zu machen!« Und die Tränen kamen mir, und der Name Thérèse blieb mir im Hals stecken.

»Sieh nicht hin!«
Simons Hand drückte meine Wange zu Boden. Alles, was ich sehen konnte, waren Leute, die über das Trottoir unterhalb des Père-Lachaise rannten. Ich hörte Rufe.
»Scheiße, es springt auf die Autos über!«
Simon riss mich hoch und rannte über mich gebeugt los, ich sah die Stichflamme, die aus dem ersten Benzintank emporschoss, und uns erreichte die Druckwelle.
»Verdammt!«
Andere drängten sich um uns, schirmten uns ab, zogen uns die Stufen zur Métro hinunter, dort erst ließ Simon mich los, und ich konnte blind davonjagen, wieder hinauf zu Thérèse, hinaus ins Freie.
»Komm zurück, Ben!«
Doch ich konnte nur den Wipfel eines Baums sehen, der Feuer fing, und wie sich auf einer Litfaßsäule die Flammen über einen Mann mit nacktem Oberkörper

hermachten, und stärker noch als Simons Gewicht drückte mich die Hitze fest auf den Boden. Ich sah den Wohnwagen nicht einmal mehr. Die brennenden Autos verstellten den Blick. Das Feuer griff auf den Taxistand über. Einer der Fahrer, der seinen Wagen hatte retten wollen, ließ sich aus der aufgerissenen Tür auf den Boulevard fallen, sein Hosensaum hatte zu brennen begonnen, seine Kollegen stürzten sich mit Feuerlöschern auf ihn, dann war Simon wieder neben mir:
»Komm, Ben, komm!«
Er stieß mich vorwärts, und wir überquerten den Boulevard Richtung Friedhofsmauer, ich strauchelte und stammelte Thérèses Namen, ohne das Heulen der ersten Sirenen zu hören:
»Achtung!«
Der rote LKW hätte mich um ein Haar erwischt, er rammte das brennende Taxi und schob es beiseite, die Männer sprangen heraus, stürzten sich ins Feuer, kämpften sich mit mächtigen schäumendweißen Geysiren den Weg frei, und nun begann sich alles zu vermengen, die Sirenen, all dies Rot, das dunkle Blau der Polizei und die eisigen Schläge des Blaulichts, und sie errichteten eine Sicherheitssperre, sehr schnell zwar, aber doch zu spät, viel zu spät, ich sah nur noch diese schwarze Spirale gen Himmel steigen, zwischen der Mauer des Père-Lachaise und dem Beerdigungsinstitut Letrou. Der Mann mit dem nackten Oberkörper schrumpfte gemeinsam mit der schmelzenden Litfaßsäule.
Ich musste mich um die Kinder kümmern, die jetzt auch gekommen waren.
Jérémy als erster:
»Thérèse! Wo ist Thérèse? War sie da?«

Dann der Kleine, stumm, wach in einem Albtraum.
»Simon, nimm die Jungen und bring sie nach Hause!«
Der Kleine und Jérémy flüchteten sich in Simons Arme, Clara stand reglos da, die Augen auf den Wohnwagen geheftet, die Kamera in der Hand, sie wagte es jedoch nicht, zu fotografieren, dieses Mal wagte sie es nicht.
»Clara, geh mit ihnen, kümmere dich um die Jungen.«
Und Julie:
»Du hast nichts abbekommen?«
»Julie, bring sie nach Hause, alle!«

11

Am Ende blieben nur noch das ausgeglühte Blech der Autos, Farbe, die blasig versprudelte, das Chassis des Wohnwagens, bedeckt mit geschmolzenem Kunststoff, bläulich züngelnde Reste auf brutzelndem Asphalt am Sockel der Litfaßsäule, das Sirenengeheul des Rettungswagens, der den verletzten Taxifahrer abtransportierte, der Kreis von Polizisten und Sanitätern um den verbrannten Körper. Den ich sehen wollte.
»Lasst ihn durch, das ist der Bruder!«
»Sie sind der Bruder?«
Aber war ich noch der Bruder dieses verbrannten Dings, von dem nichts als die Kanten übrig geblieben waren?
»Sie hatte Iemanjá ausmachen wollen.«
»Iemanjá?«
»Wer ist der Typ?«
»Der Bruder des Opfers.«
»Hieß sie Iemanjá?«
Hadouchs Stimme:
»Ben, ist alles in Ordnung? Ben, hörst du mich?«
»Bringt ihn in den Wagen.«
»Der steht unter Schock, aus dem kriegen wir nichts raus.«

»Bringt ihn in den Wagen!«
Zuletzt gelang es den Flics, mir zu entlocken, was ich wusste. Sie holten Julie, Clara und die Jungen zurück. Und Verdun? Und C'Est Un Ange? Und Monsieur Malaussène? Wer kümmerte sich um sie?
»Die Kleinen? Wer passt auf die Kleinen auf?«
Hadouch beruhigte mich, Yasmina war bei den Kleinen.
»Mach dir keine Sorgen, Ben. Meine Mutter hat sie oben in euerm Zimmer ins Bett gelegt. Sie schläft bei ihnen.«
Wir mussten alles erzählen, was sich seit Thérèses Rückkehr zugetragen hatte. Jeder einzeln. Erst in der Wanne, dann auf dem Kommissariat in der Rue Ramponneau. Und alles war von einer Stille, die knappen Fragen, die halblauten Stimmen, die Bewegung der Finger auf der Computertastatur – eine Stille, die bereits die der Trauer war, auch unsere Unterschriften zu guter Letzt, unsere stummen Unterschriften unter dem Protokoll. Als wir gingen, graute es bereits. Fünf oder sechs Uhr morgens wahrscheinlich. Eine Dämmerung aus Benzin, Kunststoff, Asphalt, Farbe, totem Fleisch, eine kalte Dämmerung aus brackigem Tod. Draußen warteten Amar, Hadouch, Rachida, Mo und Simon auf uns. Ich erinnere mich, dass Rachida Clara einen Schal um die Schulter legte, dann machten wir uns auf den Heimweg.
Unterwegs tauchte Joseph Silistri auf, ein Freund unseres Stammes, Inspektor Silistri, »Polizeileutnant«, wie man heutzutage sagt.
»Malaussène, kann ich dich sprechen?«
Er gab den anderen einen Wink, weiterzugehen, und zog mich beiseite. Er war ein wenig außer Atem.

»Entschuldige, ich komme spät. Titus hat mich gerade erst geweckt.«
Inspektor Titus war sein Alter Ego, der zweite Kopf des Doppelgespanns. Titus und Silistri. Der Tatare und der Antillenfranzose von der Kripo.
»Wir sind mit den Ermittlungen betraut, Malaussène.«
So schnell? Wie konnten sie schon unterrichtet sein? Aber ich hatte keine Lust, die Frage zu stellen.
»Malaussène, hörst du zu?«
Titus und Silistri gehörten nicht zum engsten Kreis, sie duzten mich, blieben aber beim Nachnamen. Eine Kollegenvertraulichkeit. Silistri kredenzte mir den Satz, der für solche Anlässe vorgesehen ist.
»Wir werden die Schweine finden, die das gemacht haben, da kannst du dich auf uns verlassen.«
Es war also kein Unfall ...
»Weißt du ...«
Silistri suchte nach dem Satzbau für Beileidsfälle.
»Es schmerzt uns für euch alle.«
Vielleicht stimmte es ... Doch wie tröstet man jene, die einen trösten wollen?
»Soll Hélène bei euch vorbeischauen?«
Ich mochte seine Frau sehr, aber an Klageweibern fehlte es mir nicht.
»Hör zu ... Wegen dem Aussehen von der Leiche ... ich meine, dem Leichnam ... also von Thérèse ... von ihren sterblichen Überresten halt ... du verstehst, von ...«
Er war in die Grube der Wörter gestürzt.
»Meine Vorgesetzten haben beschlossen ...«
Ich war wirklich anderswo, wie Thérèse hatten auch die Wörter ihr Fleisch verloren, hatten sich alle in

Rauch aufgelöst; einen Augenblick lang fragte ich mich, wer diese Leute waren, die man ihm vorgesetzt hatte, und was sie ihm bedeuteten. Silistri schwitzte aus allen Knopflöchern.
»Wegen dem Aussehen haben sie beschlossen, die Einäscherung fortzusetzen.«
Ich begriff noch immer nicht.
»Verstehst du, Malaussène? Der Leichnam ist auf dem Père-Lachaise im Krematorium, damit dort die Chose zu Ende gebracht wird.«
Er schlug sich mit der Hand auf den Mund. »Die Chose zu Ende gebracht wird«, es war ihm einfach herausgerutscht. Er hatte den Vorrat an Menschlichkeit aufgebraucht, der Profi war wieder durchgekommen. Es tat ihm Leid. Er entschuldigte sich.
»Entschuldige.«
Dann sagte er noch:
»Theoretisch hätten wir dein Einverständnis einholen müssen, aber Titus wollte nicht, dass du damit behelligt wirst. Er hat die Verantwortung dafür übernommen. Wahrscheinlich ist bereits alles abgeschlossen. War das falsch?«
Nein, nein, Titus hatte Recht. Man konnte Thérèse nicht in diesem Zustand lassen. Und auch nicht so beerdigen. Ich sagte danke, also danke, Titus hatte Recht, es war genau das Richtige, danke. Danach fragte ich, und zwar eher aus einer Art Automatismus heraus:
»Wo ist er überhaupt?«
Silistri zögerte kurz, dann sagte er:
»Bei Roberval.«
Klar, bei Marie-Colbert ... Klar, Titus unterrichtet den Ehemann, setzt den Witwer in Kenntnis ... das ist so üblich ...

»Nein, Malaussène, eigentlich nicht deswegen ...«
Nein? Titus hatte Marie-Colbert in Verdacht? Marie-Colbert stand ganz oben auf der Liste von Titus?
»Nein, auch deswegen nicht ...«
Zum ersten Mal sah Silistri mir gerade in die Augen.
»Roberval ist auch ermordet worden.«
Ein Bullenblick, und man weiß nicht, ob er eine Frage stellt, bereits anklagt oder noch nachdenkt.
»Er wurde bei sich zu Hause in der Eingangshalle gefunden, zerschmettert. Aus dem vierten Stock in den Treppenschacht hinuntergestoßen. Heute Morgen sollte Thérèse verhört werden.«
Ich sagte:
»Ah ja ...«
Und kehrte zu den anderen zurück.

KAPITEL VI

Worin geschieht, was
geschehen musste,
mit Ausnahme eines Details

12

Im Haushaltswarenladen setzten wir uns um den Tisch, und Julie kochte Kaffee.
»Jérémy, le Petit, ihr müsst euch ausruhen.«
Die beiden Jungen schüttelten den Kopf.
»Clara, bring sie ins Bett.«
Clara rührte sich nicht vom Fleck.
»…«
Sie wagten es nicht, die Tür zu ihrem Zimmer auch nur zu betrachten. Ich begriff, dass sie nie wieder dort schlafen würden.
»…«
»…«
Und ich hatte plötzlich die Nase voll. Die Nase voll von diesem Haushaltswarenladen, von Belleville, von dieser Hauptstadt, von der Luft, die man hier atmete, und von der Stille, die an diesem Tisch herrschte. Die Nase voll von diesem Stamm und von mir und davon, die Nase voll zu haben. Ich sagte mir, dass es letztendlich nicht schwierig war, Thérèse hatte gezeigt, wie es ging. Sie war da gewesen, und jetzt war sie nicht mehr da. Bitte schön. So einfach ging das. Man war da, und dann war man nicht mehr da.
»…«

»…«
Julie stand an der Arbeitsplatte und schnitt Brot. Sie reichte es Clara, die es röstete. Mit einem Scherenschnipp sprang die zusammengezwackte Ecke einer Milchtüte ab … Kochtopf, Gas, Streichholz … und ich hatte auch davon die Nase voll, von diesen passenden Gesten, diesen angebrachten Reaktionen …
»…«
»…«
»Ich bin gleich wieder da.«
Ich stieg in unser Zimmer hinauf. Auch Yasmina hatte sich nicht dem leeren Bett von Thérèse aussetzen wollen. Sie hatte Verdun und C'Est Un Ange aus dem Kinderzimmer geholt und sie in unser Bett gelegt und Monsieur Malaussène über ihnen in der Hängematte untergebracht. Sie saß am Fenster und schaute in den aufsteigenden Morgen. Dass sie mir bloß nicht mit dem Schicksal kommt! Diese Befürchtung hatte ich sofort: Sie soll mir bloß nicht sagen, es sei Allahs Plan gewesen! Nein, als sie mich sah, murmelte sie nur:
»*Ïa rabbi* …« (O mein Gott.)
Dann öffnete sie die Arme und sagte ebenso leise:
»*Edji hena*, mein Kleiner.«
Ich gehorchte und ging zu ihr.
»*Bekä*, mein Sohn, *bekä*, du musst weinen.«
Was ich in ihren Armen, die mich umfingen, versuchte. Doch es wollte nichts kommen. Große Dürre. Das ging so, bis das Tageslicht ganz da war, dieses unschuldige Blau, das an wolkenlosen Tagen von der Place des Fêtes herüberkommt, diese Art von bebendem Zauber, jenes berühmte transparente Licht der Ile-de-France … Auch von diesem Tuschkasten hatte ich die Nase voll. Die Zartheit des Himmels … Ich war kurz

davor, auf Yasminas Knie zu kotzen, als an der Tür geklopft wurde.
Die sich öffnete.
Es war Jérémy.
»Ben … komm.«
Ein völlig aufgelöster Jérémy. Starr wie das Entsetzen. Unfähig, laut zu sprechen.
»Komm. Schnell!«
Wir waren bereits in einem Bereich, wo alles passieren kann, ein Gefilde jenseits des Kummers, wo die Ankündigung des Schlimmsten eine beinahe ruhige Neugierde weckt. Was kommt jetzt? Und Jérémy, der – ein einziges Flehen – mit seiner tonlosen Stimme noch einmal hauchte:
»Komm …«
»*Mat yallah*, mein Sohn«, sagte Yasmina, »geh …«
Ich richtete mich auf und folgte Jérémy.
Er ging die Treppe hinunter, als ängstigte er sich vor dem, was er unten vorfände.
Unten saß in bekannter Zusammensetzung der Stamm wie versteinert vor Schalen mit Milchkaffee, die keiner angerührt hatte. Alle Blicke liefen am Kopfende des Tisches zusammen. Dort standen im Gegenlicht zwei Männer. Zwei Erscheinungen aus Granit, die das Tageslicht aussperrten. Ihre Gesichter waren nicht zu erkennen. Sie hatten vor sich auf den Tisch ein Osterei gelegt. Sie warteten.
Ein Osterei …
Dies war das erste Bild, das mir in den Sinn kam: eine Art großes Ei von metallisch schimmerndem, dunklem Schwarz. Ein futuristisches und unheimliches Ei, das ein eiserner Flugsaurier gelegt hatte. Die Stille, die im Zimmer herrschte, schien ganz aus diesem Ei hervor-

zuquellen. Als einer der beiden Kerle das Wort an mich richtete, zuckte ich zusammen:
»Monsieur Malaussène?«
Ich antwortete mit Ja.
Der andere Kerl deutete mit einer Geste auf das Ei, wie man vor einem Hostienschrein niederkniet:
»Die Asche Ihres Fräulein Schwester.«
Ehe die Versammlung die Neuigkeit verarbeiten konnte, hatte der erste Kerl sich und seinen Kollegen vorgestellt.
»Ballard und Fromonteux, von der Firma Letrou.«
Aber ja, aber klar ... selbstverständlich ... Der Friedhof hatte die Chose zu Ende gebracht und die Staffel an das Bestattungsinstitut Letrou weitergereicht ... Der unvermeidliche Parcours ... Der übliche Ablauf ... Alles ganz normal ... Thérèses Heimkehr, weiter nichts ... Mit Schaudern dachte ich, dass die Asche noch warm sein musste. Doch ein tieferes Entsetzen erinnerte mich daran, dass es nichts Kälteres gab als kalte Asche. Die nuancenlose Kälte von Asche ... es war, als entsännen sich meine Finger ... eigentlich nicht der Kälte ... eines endgültigen Fehlens von Wärme.
»Erlauben Sie uns, Ihnen unser tief empfundenes Beileid auszudrücken.«
»Ihnen und Ihrer Familie.«
»In unserem eigenen Namen sowie im Namen unseres Hauses.«
Ballard und Fromonteux sprachen mit einer Stimme. Ich stotterte so etwas wie ein Danke. Sie müssen dies für den Anfang eines Gesprächs genommen haben, denn sie wurden plötzlich munter.
»Sagt Ihnen das Modell zu?« fragte Ballard oder Fromonteux.

»Sollte dies nicht der Fall sein«, fuhr Fromonteux oder Ballard fort, »so verfügt unser Haus über ein sehr breit gefächertes Angebot ...«
Ich hörte zwei Aktenkofferschlösser klacken, und bevor irgendjemand von uns nur den kleinen Finger rühren konnte, lagen neben Thérèses Ei Dutzende von Urnenfotos. Die Alternativmodelle. Ballard oder Fromonteux hatte sie mit größerem Fingergeschick auf den Tisch gefächert als Thérèse ihr Marseiller Tarot.
»Wie Sie feststellen können, hat sich der Urnenmarkt lebhaft entwickelt.«
»Es war höchste Zeit, dem Produkt ein neues Outfit zu verpassen ...«
»Unser Haus hat sich dies zur Aufgabe gemacht.«
»Auch die Verstorbenen haben ein Recht auf Vielfalt.«
»Insbesondere jene, die man zu Hause behält.«
»Vielfalt der Formen und der Materialien ...«
Abwechselnd priesen sie uns ihre Produktpalette an. Sie spielten sich die Bälle meisterhaft zu. Während Ballard oder Fromonteux redete, machte Fromonteux oder Ballard die Runde und legte vor jeden von uns ein Foto: Urnen in Form aufgeblühter Blumen, pausbäckiger Äpfel, aufgeschlagener Bücher, Kinderurnen mit Engelsgesicht, sparbüchsenförmige Urnen und solche, die man zerklopfen konnte – falls wir Thérèse verstreuen wollten, das Hämmerchen wurde mitgeliefert ...
»Bis Oktober im Sonderangebot!«
»Eintausendsechshundert Franc, zuzüglich Mehrwertsteuer, Schlegel inbegriffen ...«
»Eintausendneunhundertsechsunddreißig Franc, inkl. MwSt. ...«
»Zweihundertsiebenundneunzig Euro und fünfundachtzig ...«

»In Terrakotta oder Porzellan ...«
»Drei Monatsraten, zinsloser Kredit.«
»Oder dieses Modell mit Intarsien aus brasilianischem Rubin ...«
»Ein wenig kostspieliger, versteht sich ...«
Das Ganze, während der Stamm in Sprachlosigkeit erstarrt war und Julie mir mit einem tödlichen Blick stumm »unternimm etwas, Herrgott noch mal!« zubrüllte, zumal der Kleine heimlich ein Foto gemopst hatte, und ich sah schon den Augenblick voraus, wo er sagen würde, welche Urne er bevorzugte, was selbstverständlich auf Jérémys Veto stieße, woraufhin die unvermeidliche Kabbelei begänne, die wiederum in einer Keilerei vor Thérèses Asche enden würde.
Julie hatte Recht. Das musste unbedingt verhindert werden.
Ich brachte meinen Kummer zum Verstummen, ich versenkte mich in mein Inneres, ich konzentrierte mich dort, so gut ich konnte, und in der tiefsten Tiefe meiner selbst bat ich zum ersten Mal in meinem Leben unmissverständlich um das Eingreifen einer übernatürlichen Macht.
Und der Himmel hörte mich.
Er erhörte mich.
Mich! Den Wiederholungssünder, den Seriengotteslästerer, der am Ende war, am äußersten Ende seines Lateins und immer noch ohne Glaube ... Der Himmel erhörte mich!
Genau in dem Augenblick, als der Kleine den Mund aufmachen wollte, erschallte im Haushaltswarenladen eine andere Stimme als die seine. Eine Stimme aus dem Nichts, die im Rufen anschwoll:
»Jaaaa ...«

Eine seraphische, leidenschaftliche Stimme, die zwischen uns und unter uns fuhr:
»O jaaaaaaa ...«
Der Kleine machte hinter seiner rosa Brille kugelrunde Augen und ließ das Foto fallen. Alle hatten den Kopf gehoben. Nun waren Ballard und Fromonteux an der Reihe, die Salzsäulen zu spielen.
»Ja!« skandierte die Stimme in gieriger Schnellatmigkeit. »Ja, ja, ja, ja! ...«
Ein unzweifelhaft weiblicher Engel, absolut weiblich, der die Freuden des Lebens ganz und gar bejahte:
»Jaaaaaaaaaaaaaaaaaaaaa!«
Und der diesen Ruf der Lust bis zum Äußersten steigerte und sich dann mit einem Seufzer der Sättigung wie unter einem Federbett zusammenrollte.
Stille.
Alle Gesichter des Stammes hatten sich der Kinderzimmertür zugewandt.
Yasmina kam strahlend und sich nach allen Seiten umsehend die Treppe heruntergestürzt.
»*Sema? Sema?*« rief sie, »habt ihr gehört?«
Ich machte eine Drehung um hundertachtzig Grad.
Auch ich starrte die Tür an.
Meine Hand legte sich auf den Türknauf.
Ich öffnete langsam.
Und ja ...
Ja.
»...«
»...«
»...«
Thérèse lag in ihrem Bett.
Sie schlief, die Hände zu Fäusten geballt.
Um mich herum kein Wort. In der Tat, wenn einem

dieses verbrannte Ding mit dem grellen Grinsen vor Augen stand oder dieses unbekannte Flugobjekt, das auf unserem Familientisch gelandet war, so blieb nur noch Schweigen. Ja ein gewisses Grausen, wenn man sich den wächsernen Teint von Ballard und Fromonteux ansah. Sie hatten in diesem Bereich schon allerhand gesehen, an einer Auferstehung jedoch nahmen sie zum ersten Mal teil. Ehrlich gesagt, wenn ich heute daran zurückdenke, so ist es weniger dieses Wunder, was mich am meisten wunderte. So etwas musste bei Thérèse früher oder später geschehen. Nein, es war etwas viel Außergewöhnlicheres. Das wirkliche Wunder lag woanders. Thérèse, unsere so schamhafte Thérèse, von der Jérémy behauptete, sie müsse in einem Kosmonautenanzug zur Welt gekommen sein, Thérèse war nackt! Sie lag zum ersten Mal nackt in ihrem Bett. Und das Bettzeug, zerknittert, zerwühlt, achtlos heraufgezogen, verbarg mitnichten diese Nacktheit, es unterstrich vielmehr deren Herrlichkeit. Denn da war noch etwas anderes: Thérèse hatte ihre knochige Kantigkeit verloren! Es war unsere Thérèse, das stand außer Zweifel, und doch war sie eine andere, eine Thérèse mit grazilen Kurven, offenem Haar, sinnlich-trägen Armen, mit einer glatten, durchscheinenden Haut und einem nahezu püppchenhaften Gesicht, auf dem ein Lächeln der Befriedigung lag. Thérèse unverändert, jedoch mit einem Mal gelöst, unter der Oberfläche ihrer Haut durchpulst von einem feurigen Blut, Thérèse, die zu sich selbst gelangt war durch wer weiß was für eine Reise. »Man könnte meinen, Maman«, flüsterte der Kleine.
Ganz genau.
»Nâmet«, flüsterte Yasmina.

Auch dies stimmte, »*nâmet*«, Thérèse schien zu träumen.
»Aber wir, wir haben doch trotz allem nicht geträumt«, brummte Hadouch.
»Wäre freilich an der Zeit«, fauchte Rachida und umschlang ihn.
Die beiden wollten schon gehen, da geschah noch etwas anderes. Zuckungen ergriffen Thérèses Leib. Ein unmerkliches Erschauern zunächst, als ob ihre ganze Haut sich unter einem plötzlichen Luftzug zusammenzöge, dann eine Reihe einander ablösender Krämpfe, bis die ganze Thérèse wie vom Tremor einer Besessenen erfasst wurde, was jedoch weder ihr Lächeln noch ihren Schlaf beeinträchtigte. Eine vibrierende Glückseligkeit, von der einem das Blut in den Adern gefror. Es war weitaus erschreckender als ein sich klassisch unter den Scherzen des Teufels windender Frauenkörper. Ich glaube, wir sind alle wirklich zurückgewichen. Thérèse bebte jetzt vom Kopf bis zu den Füßen. Dadurch glitt das Bettzeug zu Boden und enthüllte uns ihre neue Schönheit in uneingeschränkter Pracht. Niemand wagte es, sie wieder zu bedecken. Wir betrachteten sie, zwischen Entsetzen und Begeisterung hin und her gerissen, als wolle eine okkulte Macht uns auf dieser schimmernden Haut eine lebenswarm hervortretende Botschaft hinterlassen. In Wirklichkeit war es ein schlechter Film, doch Thérèse schien er zu entzücken. Dann hörten wir Schläge. Dumpfe Schläge, die das Haus erschütterten. Sie kamen aus verborgenen Tiefen. Ein Klopfgeist tobte im Rhythmus von Thérèse. Die sich noch heftiger auf und nieder warf und noch immer nicht erwachte. Diese Schläge gegen den Fußboden, das Quiet-

schen des Bettrahmens, dies erstickte Knurren, schließlich dies vertraute Odeur ...
Ich begriff endlich.
Ich ging in die Hocke.
Ich schaute unters Bett.
»Jetzt reichts aber, Julius, mach, dass du da rauskommst!«
Julius der Hund hörte sofort auf, sich zu kratzen. Er zwängte sich, so gut es seine Körpermasse erlaubte, unter dem Bett hervor. Auch er sah uns an, als wären wir wiederauferstanden. Keine Spur mehr von seinem Anfall tags zuvor. Vielleicht war der Geruch ein wenig prononcierter und auch ein Fünkchen mehr Erstaunen in seinem Blick ... Hinzugewonnene Menschlichkeit.

Wir trösteten Ballard und Fromonteux, so gut wir konnten. Der Kaffee päppelte sie wieder ein wenig auf. Mit einer heiligen Mission gingen sie hinaus nach Paris: unter all den Millionen Einwohnern die untröstliche Familie finden, der sie ihr dickes Ei schenken konnten.
Wir hatten ihrem Leben einen Sinn gegeben.

Dann sanken alle Betten des Haushaltswarenladens in den Schlaf. Julie und ich hatten unser Territorium wieder in Besitz genommen. Als wir schließlich erwachten, fiel es mir plötzlich wie Schuppen von den Augen.
»Julie, du hast doch Gummi gesagt?«
»Wie bitte?«
»Du hast mir doch gesagt, dass Marie-Colbert aus-

sieht wie einer, der, ob AIDS oder nicht, schon immer gummiert gevögelt hat?«
»Ja.«
»Da warst du auf der falschen Beerdigung.«
»Ach?«
»Thérèse ist schwanger.«
»Einfach so? Von heut auf morgen?«
»Hundert zu eins.«
Und mehr tot als lebendig fügte ich hinzu:
»Es wird Wirklichkeit, Julie. Alles, was ich vorhergesehen habe, ist im Begriff sich zu erfüllen. Punkt für Punkt. Marie-Colbert ist tot. Thérèse ist schwanger ... du kannst mich anschnauzen, so viel du willst, mich wird es den Kragen kosten, ich weiß es, mein Kopf steckt bereits in der Schlinge. Ende der dramatischen Steigerung: in weniger als vierundzwanzig Stunden bin ich geliefert.«

13

Julie schnauzte mich nicht an. Sobald Thérèse erwacht war, nahmen wir sie gemeinsam ins Gebet. Sie reagierte überaus gut gelaunt.
»Was soll ich euch sagen? Benjamin hatte Recht, das ist alles! Marie-Colbert hatte es nur auf meine Sehergabe abgesehen. Als ich am Sonntagmorgen nach unserer Hochzeitsnacht – übrigens: nicht gerade ergreifend, diese Hochzeitsnacht – meinem Mann ankündigte, dass es mit meiner Hellseherei vorbei sei, zog er ein Gesicht, das mich veranlasste zu gehen. Damit hat sich die Geschichte.«
Gesagt voll frischer Heiterkeit, während sie ein Blaubeermarmeladenbrot ins Weiß ihrer Milch tunkte. Argloser Blick, breiiges Kauen, während die Hand bereits nach einer neuen Scheibe griff, Thérèse aß für zwei, verleibte sich ein Doppelfrühstück ein, sie ging mit einem Vielfraß schwanger, Zweifel ausgeschlossen, ihr Untermieter war ein Nimmersatt.
»Du bist einfach so gegangen?« fragte Julie. »Ohne abzuwarten, ob sich dein Eindruck bestätigt? Ohne, dass er dich fortgejagt hat?«
Thérèse schickte einen Blick zum Himmel:
»Juliiiiie, ich habe zwar nicht mehr das Zweite Ge-

sicht, aber deshalb noch lange kein Brett vorm Kopf. Ich sag dir doch, ich hab seine Miene gesehen! Und außerdem, du kennst doch die Männer; wenn sie etwas von uns erwarten, dann gewiss dies, dass wir ihnen den Mut geben, uns vor die Tür zu setzen. Dem bin ich zuvorgekommen, das war besser so. Ich habe bis zum Nachtzug gewartet und bin sang- und klanglos zurückgefahren. Benjamin, gibt es keine Butter mehr? Ist das alles, was noch an Butter übrig ist?«
Julie wollte Genaueres hören, zum Beispiel eine ausführliche Schilderung der Hochzeitsreise.
»Wozu?« fragte Thérèse, während sie beide Hände nach der Butter ausstreckte, die ich für sie geholt hatte. »Ist doch egal! Schnee von gestern!«
Julie ließ nicht locker:
»Nur um mir so eine Hochzeitsreise vorstellen zu können«, sagte sie im selben ausgelassen-munteren Ton. »Der da hat mich nie auf eine mitgenommen!« Sie wies mit dem Kinn auf mich.
»Hast nichts versäumt!« versetzte Thérèse, während sie ihr Brot butterte.
Und dann erzählte sie uns, dass sie, nachdem sie Saint-Philippe-du-Roule kaum verlassen und den mythischen Krankenwagen gerade erst bestiegen hatten, hinter der Ecke Rue La Boétie/Avenue George V. selbigen Krankenwagen schon gegen ein Taxi und dieses unmittelbar darauf gegen ein Flugzeug eingetauscht hatten, das sie auf der Züricher Bahnhofstraße in einer Suite absetzte, die so groß wie eine Landebahn war.
»Ein Hotel nur für parfümierte Ärsche, Benjamin, überall Marmor, erstklassiger Service, zwei Bäder, zwei Betten im ehelichen Schlafgemach, wo uns mit dem Champagner zwei Zimmermädchen in großer

Gala und mit den Glückwünschen der Direktion in doppelter Ausfertigung erwarteten. Alles war perfekt. Ich musste an dich denken, mein kleiner Bruder, es hätte dir sehr missfallen.«

Woher hatte sie nur diese gute Laune? Und dieses flinke Mundwerk? Was war das für eine Thérèse? Und wie nur würden wir den Einstieg finden, um ihr Marie-Colberts Tod mitzuteilen?

»Und dann?« fragte Julie.

»Weil Marie-Colbert Marie-Colbert ist und die Arbeit die Arbeit und die Pflichten die Pflichten, haben dann beide Telefone geklingelt, und die Rezeption hat uns mitgeteilt, dass unser Termin da sei.«

»Ihr hattet einen Termin?«

»Einen Termin im Dreiteiler, ja, und mit einem Berg von Unterlagen, die zu unterschreiben waren, wovon ich nichts gewusst hatte. Marie-Colbert stellte mir Herrn Altmayer vor, den Schatzmeister unseres Vereins, und wir machten uns an die Arbeit. Marie-Colbert unterschrieb, ich unterschrieb, Herr Altmayer überprüfte und unterschrieb, die Formulare wanderten von rechts nach links, das Ganze dauerte eine gute Stunde.«

»Und was genau hast du unterschrieben?«

In Thérèses Gesicht trat ein so sinnliches wie naives Lächeln (ein barfüßiges Lächeln, Brigitte Bardot in einer ihrer ersten Rollen).

»Oh, was das angeht … da müsst ihr Marie-Colbert fragen, ich habe ihn mit zwei Koffern voller Papiere zurückgelassen. Benjamin, würdest du mir zwei Spiegeleier machen? Ich sterbe vor Hunger!«

Zwillinge! Sie brütet uns Zwillinge aus! Mir fiel der Ausruf des Kleinen wieder ein. Dieser freudige Appe-

tit, diese gefräßige Sorglosigkeit, ja, ganz unsere Mutter, wenn sie einen Erzeuger an die Luft gesetzt hatte. Marie-Colbert hatte sie gezwillingt!
»Und dann?« fragte Julie.
»Und dann und dann, ihr seid vielleicht komisch. Dann … hier beginnt die Privatsphäre! Was wollt ihr wissen? Ob ich mich über seinen Reißverschluss hergemacht habe? Ob ich ihn an Ort und Stelle vergewaltigt habe? Tja, hätte ich tun sollen, aber es war die Zeit des Diners und nicht die Art von Restaurant, wo eine Frischvermählte ihren Gatten unter den Tisch zerrt … auch nicht die Art von Gatte.«
Das Eiweiß in der Pfanne begann eben Blasen zu werfen, als sie, erwog man ihre und alle anderen Umstände, den verblüffendsten Umstand der ganzen Hochzeitsreise von sich gab.
»Übrigens, was die Hochzeitsnacht betrifft, hat sich da etwas sehr Seltsames zugetragen …«
Die Hand auf dem Pfannenstiel, drehte ich mich um.
»Ich hätte gern gewusst, was du darüber denkst, Julie.«
Julie hob Augenbrauen, die ganz Ohr waren.
»Er nahm ein Präservativ«, sagte Thérèse ohne Umschweife.
Zusammenbruch einer Gewissheit. Meine Hand lag noch immer auf dem Pfannenstiel.
»Ist das üblich?« fragte Thérèse. »Ich meine, in der Hochzeitsnacht? Kommt das oft vor? Bei einem Mädchen, von dem man weiß, dass es noch Jungfrau ist?«
Julie stotterte eine Antwort, aus der klar hervorging, dass nein, das heißt ja, also manchmal vielleicht, dass sie in Sachen Hochzeitsnacht keine Expertin war, aber dass, weiß der Himmel, in der heutigen Zeit,

vielleicht misstraute Marie-Colbert ja sich selber, obwohl …

»Wenn ich darüber nachdenke«, unterbrach Thérèse sie, »ich glaube, es war dieses Detail, das mich bewogen hat, den Nachtzug zu nehmen.«

Und das sagte sie, ohne im Geringsten ihre gute Laune zu verlieren und während die Eier in der Pfanne Feuer fingen. Sie strahlte so sehr, dass wir ihr nur zögernd von dem abgebrannten Wohnwagen erzählten. Doch auch diese Nachricht kratzte sie nicht im Mindesten.

»Ach wirklich?!«

Sie schüttelte den Kopf.

»Vorgestern hätte ich euch gesagt, dass dies vorherbestimmt war.«

Meine Schwester war ganz schön gepanzert, und in diesem Harnisch aus Heiterkeit gab es nicht das geringste Löchelchen. Ich fragte:

»Was hast du gestern Abend gemacht, nachdem du das Haus verlassen hast?«

»Was ich euch gesagt habe: Iemanjá ausgemacht.«

»Warst du allein im Wohnwagen?«

»Selbstverständlich! Alle wissen, dass ich meine Sehergabe verloren habe.«

»Hast du irgendetwas brennen lassen? Ein Heizöfchen, eine Glühbirne, eine Butangasflasche?«

»Um die Jahreszeit? Es ist Sommer, Benjamin. Nein, ich habe die Sachen, an denen mir lag, zusammengesucht und bin gegangen. Ich habe allerdings die Tür offen gelassen, falls jemand einen Schlafplatz braucht.«

Wir mussten ihr wohl oder übel sagen, dass jemand, eine Frau, dort bei lebendigem Leibe verbrannt war.

Das setzte ihrer Hochstimmung dann doch einen Dämpfer auf. Schließlich sagte sie:

»Dann gehe ich auf die Polizei und sage ihnen, dass die Person nicht ich bin.«
Sie stand sogleich auf. Ich packte sie am Handgelenk. Ich wollte ihr sagen, dass Marie-Colbert tot war. Aber was mir über die Lippen kam, war eine Frage:
»Wo bist du hingegangen, nachdem du Iemanjá ausgemacht hattest?«
»Ich habe eine Runde gedreht.«
»Wo?«
Denn bei genauerer Überlegung musste es diese Runde gewesen sein, die sie verwandelt hatte. Sie war niedergedrückt aus Zürich zurückgekommen. Ein geschlagener Hund, der um sein Körbchen bettelt und sich zur Wand dreht ... Beim Erwachen ein Zombie ... Ein Automat des Kummers, der das Haus wie aufgezogen durchquert, um Iemanjá ausmachen zu gehen ...
Julie gab mir Schützenhilfe:
»Thérèse, antwortest du!? Wo bist du vom Wohnwagen aus hingegangen?«
Thérèse betrachtete uns, mich, Julie:
»Was ist in euch gefahren? Überwacht ihr mich? Eine verheiratete Frau? Zu spät! Auf die Heranwachsende hättet ihr aufpassen müssen! Dieser astrologische Hokuspokus und all dieser Unfug ...«
Ich muss ziemlich angesäuert ausgesehen haben, denn sie kredenzte mir eine volle Ladung ihres neuen Lachens, und während sie sich wieder erhob, fuhr sie mir mit der Hand durchs Haar:
»Ich stichele nur, Ben ... Kommt, ich muss auf die Polizei.«
Als sie in der Haustür stand, tauchten Mo der Mossi und Simon der Kabyle aus dem Nichts auf und nah-

men sie in die Mitte. Hinter ihnen kam Hadouch herein.
»Wir begleiten sie, Ben, einverstanden? Letzten Endes könnte ja jemand heute Nacht versucht haben, sie umzubringen.«
»Ich gehe mit«, sagte Julie.

Die Atmosphäre trügt manchmal nicht. Es verdickte sich, es staute sich auf, es braute sich um mich zusammen, und es würde mich den Kragen kosten. Thérèse war womöglich nicht schwanger, aber Marie-Colbert war wirklich ermordet worden. Das Schlimmste stand vor meiner Tür. Es würde sich in Gestalt einer Wanne und eines Paars verchromter Handschellen zu erkennen geben. Vergeblich kämpfte ich seit Wochen dagegen an. Jetzt würde es hereinbrechen. Ich empfand darüber eine Art Erleichterung. Ich nutzte mein Alleinsein, um oben in unserem Zimmer meinen Knastkoffer zu packen. Als ich fertig war, ging ich zu Azzouz, um die Bücher abzuholen, die ich auf Empfehlung der Königin Zabo und von Loussa de Casamance bestellt hatte.
»Sie sind nicht alle gekommen, Ben, ist es denn so eilig?«
»Schick sie mir nach, du kriegst noch die Adresse von mir.«
Azzouz verstaute die Bücher in meinen Rucksack.
»Ziehst du um, Ben? Verlässt du Belleville? Wirds dir zu schickimicki?«
»Ich mach Ferien, Azzouz.«
Er studierte jeden Titel, ehe er ihn in der Tiefe des Rucksacks verschwinden ließ.

»Ferien im Kloster also! Der absolute Renner!«
Ich hatte Lust auf ein letztes Couscous. Zuerst dachte ich ans Koutoubia, aber die Vorstellung, Amar, Yasmina und dem alten Semelle, ihren letzten Blicken, die Stirn bieten zu müssen, verleidete mir diesen Ort. Ich bog in Richtung Deux Rives ab und setzte mich an den runden Tisch, wo Rachida und ich die verheerenden Folgen der Astrologie erörtert hatten. Ich bestellte ein Makfoul, das ich unter Areskis ruhevollem Schweigen aß.
Danach drehte ich, einen Einweg-Fotoapparat in der Hand, eine Runde durch Belleville. Ich knipste alles, was mir vors Auge geriet, ohne etwas zu bevorzugen oder zu verschmähen; die Erinnerungen sind Kinder des Zufalls, nur im Gedächtnis ihrer Fälscher herrscht Ordnung.
Dann ging ich nach Hause, fest entschlossen, Julie noch einmal und auf großen Vorrat zu lieben. Doch musste ich entdecken, dass mir dafür keine Zeit mehr bleiben würde. Vor dem Haushaltswarenladen parkte ein Polizeiauto, und vor meiner Tür warteten drei Zivis auf mich. Ich erkannte Titus und Silistri. Ich dachte, dass sie sich in Anbetracht unseres freundschaftlichen Verhältnisses nicht gerade wohl in ihrer Haut fühlen dürften. Den dritten im Bunde kannte ich nicht. Silistri machte mich mit ihm bekannt, nachdem er erklärt hatte, sie seien wegen Marie-Colbert gekommen.
Na, wer sagt es denn, sagte ich mir.
»Monsieur Jual, stellvertretender Staatsanwalt«, stellte mir Silistri den Unbekannten vor.
Der stellvertretende Staatsanwalt Jual nickte wortlos.
»Er vertritt während der Ermittlungen die Staatsan-

waltschaft«, erläuterte Titus, um seine Verlegenheit zu vertuschen.

»Das Opfer ist nicht irgendwer«, bemerkte Silistri.

Durch ein Stirnrunzeln gab der stellvertretende Staatsanwalt Jual den beiden zu verstehen, dass sie zu viel redeten.

Beinahe hätte ich ihnen gesagt, dass ich sie erwartet hatte, »einen Augenblick, ich hol nur schnell meinen Koffer«, aber ihnen die Arbeit abnehmen, das wollte ich dann doch nicht. Ich suchte nach dem landläufigsten Satz für derlei Situationen und fand ihn:

»Was kann ich für Sie tun?«

»Gegen Ihre Schwester Thérèse liegt ein Haftbefehl vor, Monsieur Malaussène«, erwiderte der stellvertretende Staatsanwalt Jual.

»Ist sie da?« fragte Silistri.

Sie lasen in meinen Augen, dass sie da war, genau hinter ihnen. Sie kam gerade vom Kommissariat zurück. Hüpfend überquerte sie zwischen ihren Leibwächtern die Straße.

»Sie wurde heute Nacht am Tatort gesehen«, flüsterte mir Titus zu, während die beiden anderen sich umdrehten. »Gesehen und erkannt. Schuld ist mal wieder das Fernsehen. Tut mir Leid, Malaussène, wirklich, fast wärs mir lieber, du wärst es gewesen.«

KAPITEL VII

Über
die Ehe und die gesetzliche
Gütergemeinschaft

14

Sie legten ihr Handschellen an und führten sie so schnell ab, dass mir keine Zeit blieb, mit ihr zu reden. Ich machte eine Bewegung auf sie zu, aber Titus hielt mich zurück.
»Sie hat Kontaktsperre, Malaussène, die Sache ist schlimmer als du denkst.«
Und Titus verschwand im Wagen, und der Wagen fuhr los.
Ich sah Thérèse ein letztes Mal durch die Heckscheibe, flankiert von Silistri und dem stellvertretenden Staatsanwalt Jual. Trotz der Handschellen wedelte sie mir mit dem einen Zeigefinger ein Nein zu, während sie mit dem anderen auf sich wies. Das konnte heißen: »Ich wars nicht«, oder auch: »Mach dir keine Sorgen um mich«, zumal Mund und Augen noch lächelten, als ob die drei mit ihr loszögen, um eine Limo am Ufer der Marne zu trinken.
Und ich stand da.
Mit meinem Rucksack voller Bücher.
So belämmert ...
So beschämt ...
So unglaublich kläglich ...
Dass ich Hadouch, Mo, Simon und Julie, die wie er-

starrt waren, auf dem Trottoir stehen ließ und in unser Zimmer jagte, wo ich mit fliegenden Händen meinen Koffer auspackte, wo ich, fieberhaft wie ein Kind, das eine Dummheit unter den Teppich zu mogeln versucht, meine Sachen verstaute, wo ich den Rucksack im Wäschekorb vergrub, schwachsinnige Verschleierungstat, die meine Scham ins Unermessliche steigerte, Mann, guck dich an, guck dich an, guck dich an, du erbärmlicher Haufen Scheiße, wie du die Spuren deiner unersättlichen Paranoia beseitigst, statt dich um Thérèse zu kümmern, statt dich darum zu kümmern, was mit Thérèse passiert, was Thérèse wohl angestellt haben mag, dass man ihr vor deinen Augen Handschellen anlegt – Handschellen! vor deinen Augen! Thérèse! –, du Dreckhaufen, räumst dein Zimmer auf, ja, damit du nicht als der erscheinst, der du bist, hol wenigstens die Bücher aus dem Wäschekorb raus, wie willst du Julie die Anwesenheit des Heiligen Johannes vom Kreuz in der schmutzigen Wäsche erklären, hol die Bücher da raus, versteck sie unterm Bett, Lesestoff für den Winter, was weiß ich, aber woher kommt bloß dieses unglaubliche Strahlen, bereitet es einen derartigen Genuss, den eigenen Mann am Tag nach der Hochzeit zu ermorden, dass er zerschmettert am Grund des Treppenschachts liegt, lieber Gott noch eins, faktisch ein Fenstersturz, ins Leere gestoßen, hinuntergekippt, Thérèse, nein, natürlich nicht, nicht Thérèse, aber was hatte sie an dem Abend dort zu suchen, in der Rue Quincampoix, während ich glaubte, sie sei bei lebendigem Leibe in ihrem Wohnwagen verbrannt, und dann am nächsten Tag so munter, so strotzend vor Freude, so entspannt beim Erzählen ihrer helvetischen Hochzeitsreise, und Titus: »Die Sache ist schlimmer, als du glaubst!«, ich bin gern bereit, alles zu glauben, doch!, nur nicht, dass Thérèse imstande ist, einen Oberrechnungsrat erster Klasse – und sei es ihr Mann – zu packen, ihn übers Geländer seines Stadtpalais in die Tiefe zu kippen und glücksgesättigt nach Hause zu gehen, nachdem sie gesehen – und gehört, vor allem gehört! – hat, wie sein Körper zwanzig Meter tiefer auf dem Marmor seiner Vorfahren zerborsten ist, nein, nicht Thérèse, oder unsere Schwestern sind nicht unsere Schwestern, und wer bist du, Malaussène, dass du wie ein Kranker deine Bude aufräumst, statt nach unten zu gehen und mit den anderen nach Auswegen zu suchen, wer möchtest du sein?, guck dich an, du bist wirklich und wahrhaftig dabei, dein Bett zu bauen, Malaussène, glatt und bündig, wie ein guter Soldat, wie man sich ein Unterbewusstsein baut, und bist dabei, sorgfältig deine Bücher im Regal zu verstauen, die Romane zu den Romanen, dann die Lyrik, die Theaterstücke, die Gesellschaftswissenschaften, die Philosophie, die Theologie, und *Das Menschengeschlecht* von Robert Antelme, wo soll man *Das Menschengeschlecht* von Robert Antelme einsortieren, an welcher Stelle der Bibliothek des zwanzigsten Jahrhunderts? Ein echtes Problem unserer Kultur. Was für eine Literaturgattung ist das? Denn jedes Jahrhundert bringt seine eigene Gattung hervor, meine Damen und Herren, den ihm eigenen Geist, das lernen die Kinder in der Schule, auf sehr schematische Weise: das 16. Jahrhundert – das Jahrhundert der Dichtung, das 17. – das Jahrhundert des Theaters, das 18. – Licht und Aufklärung allüberall, das 19. – das Jahrhundert des Romans, und das 20., wenn man dafür eine Gattung finden will? Was ist die Gattung des 20. Jahrhunderts? *Konzentrationslager-*

Literatur, meine Damen und Herren, von gewaltigem Umfang, einige Regalmeter, wenn man nichts auslassen will, und: aufs Tagesgeschehen achten und weitere Regalmeter freihalten ...

Sie kamen am Nachmittag wieder. Der stellvertretende Staatsanwalt Jual, Thérèse, Titus und Silistri, begleitet von einem Trupp Uniformen. Der stellvertretende Staatsanwalt Jual zückte einen stempelübersäten Durchsuchungsbefehl und gab Order, uns von Thérèse fern zu halten, die nach wie vor Handschellen trug. Wir blieben alle unten im Zimmer um den Tisch sitzen, unter Aufsicht eines weiblichen Bullen von ziemlich gemeinem Aussehen und eines weißen Schlagstocks, der der Dinge harrte, die da kommen sollten. Die anderen suchten etwas. Sie suchten es überall, im Kinderzimmer, in den Küchenschränken, in der Waschmaschinentrommel, im Wasserkasten des Klos, unter den Matratzen, überall. Ich hörte, wie die Bücher aus den Regalen polterten, und sagte mir: Hat sich ja gelohnt. Sie horchten die Wände, Decken und Böden ab, und wo es hohl klang, legten sie das Mauerwerk frei. Sie haben sogar Mamans Tabernakel aufgebrochen. Und dem Blick des weiblichen Bullen nach zu urteilen, hätten sie auch Julius den Hund aufgeschlitzt, wenn sie das Objekt ihrer Suche in ihm vermutet hätten. (Mädchen, die zur Polizei gehen, also wirklich ... Wer hat die nur berufsberaten? Und welch eisigen Blick ihnen die Uniform verleiht, dazu einen Unterkiefer, der zwei Kilopond verkrampfter ist als bei den Jungen, und je hübscher, umso stalagmitenhafter, wie die abgerichtet werden, mein Gott, es ist zum Er-

barmen. Und das Jugendamt: weiß von diesen Abwegen, auf die sie geraten sind, nichts ...) Wohingegen Thérèse, schauen Sie sich Thérèse an, die Männermörderin, die Gemahlophagin, die Gattenmeuchlerin, schauen Sie nur diese Grazie, diese ungezwungenen Bewegungen, mit welcher Natürlichkeit sie vor den Herren Untersuchungsbeamten herschreitet, sie von einem Zimmer ins andere geleitet, vor ihnen zur Seite tritt, als ginge es darum, ihnen unseren Haushaltswarenladen als ein Sommerparadies anzudienen, man könnte glauben, sie rühme das »Flair« des Schuppens, seine Annehmlichkeiten für kinderreiche Familien, aber Herr im Himmel, was ist ihr gestern Nacht widerfahren? Was hat diese Verwandlung zu bedeuten? Was hat dich so gelöst werden lassen, Thérèse, sag schon! Doch sie sagt nichts, den Flics so wenig wie uns, macht nur hin und wieder ein Gesicht, das uns beruhigen soll, »keine Panik, macht euch wegen mir wirklich keinen Kopf«, bis sie schließlich gehen mit leeren Händen und verschlossener Miene, in die Röhre geguckt und nichts gefunden, kochend vor Wut.
Als sie in Reichweite an mir vorbeikamen, konnte ich mich nicht beherrschen, mit einem Satz war ich bei Thérèse, aber der Polizeileutnant Titus griff ein, Bullenintervention, kühl und technisch, bohrte mir seine Daumen in die Handflächen und drehte mir die Arme auf den Rücken:
»Hinsetzen!«
Ich hatte mich noch nicht wieder gefangen, da war die Tür des Haushaltswarenladens schon zu. Ich hockte da, umringt von den Meinen, die Fäuste geballt, mordbereit. Da fühlte ich etwas in meiner hohlen Rechten. Und ich öffnete sie. Und ein Papier fiel auf

den Tisch. Ich entknitterte es. Titus hatte nur ein Wort darauf geschrieben: »Gervaise.«

Wenn ich in Erinnerung rufe, dass Gervaise in einem anderen Leben mit den Polizeileutnants Titus und Silistri als Ermittlungsbeamtin zusammengearbeitet hat und dass Titus und Silistri ihre Schutzengel gewesen sind, so genügt dies wohl, um die chiffrierte Botschaft des Inspektors Titus zu entschlüsseln: »Gervaise kontaktieren«, das riet uns Titus. »Gervaise weiß etwas«, das musste man daraus ableiten.
Ich stand auf.
Julie bremste mich:
»Was glaubst du, wie viele Flics in Zivil draußen auf dich warten, um dich zu beschatten?«
Hadouch pflichtete ihr bei:
»Wir sitzen hier fest. Nicht mal pinkeln können wir gehen.«
Schweigen.
»Und wenn wir Rachida zu Gervaise schicken?« schlug Simon vor.
Wie man sah, raste Hadouch nicht gerade vor Begeisterung.
Aber Mo der Mossi plädierte auch dafür:
»Die Flics kennen Rachida nicht. Sie kommt von der Arbeit, sie geht bei Gervaise vorbei, und fertig.«
Nein, Hadouch war dagegen:
»Und wenn sie anschließend zum Rapport hierher kommt, sitzt sie mit uns in der Tinte.«
Hadouch wollte seine Liebe aus dieser Sache heraushalten. Wir mussten Gervaise auf irgendeinem anderen Wege erreichen.

»Sollen wir anrufen?«
Nein, die Sache war zu ernst, um fernmündlich geregelt zu werden. Im Übrigen wurde unser Telefon bestimmt abgehört ...
»Gut. Was machen wir?«
An dieser Stelle nahm ich die Zügel in die Hand. Ich machte darauf aufmerksam, dass Schwester Gervaise eine ehrenwerte Institution leitete, der wir unsere Kinder anvertraut hatten, dass genau jetzt die Zeit war, die Kinder abzuholen, und dass kein Polizist der Welt, ob er nun in Zivil oder Uniform, verdeckt oder offen ermittelte, mich daran hindern konnte, diese meine familiäre Pflicht zu erfüllen, dass ich die Nase gestrichen voll hatte von dieser Opferparanoia – ich glaube, ich habe wirklich »Opferparanoia« gesagt, doch!, ich hatte mich nicht mehr ganz im Griff, ich lief zu meiner heroischen Form auf, ich webte an einem Banner aus Konzepten, hinter dem ich zum Sturm auf den »Polizeistaat« ansetzte, notfalls auch ganz allein! Noch zwei oder drei Sätze dieser Art, und ich hätte das Polizeigebäude am Quai des Orfèvres mit Bulldozern niedergewalzt, um Thérèse zu befreien, und wenn ich den stellvertretenden Staatsanwalt Jual als Geisel hätte nehmen müssen.
Julie muss gespürt haben, dass Not am Mann war, denn sie unterbrach mein Crescendo mit moderierenden Händen:
»Gut, das genügt, brauchst dich nicht so aufzuregen, wir gehen schon, wir gehen schon ...«

15

Und auf gings zu Gervaise in die Fruits de la passion. Hadouch, Mo, Simon, Julie und ich.
»Alles in allem trifft sich das gut«, sagte Hadouch, »Rachida wollte ohnehin ihr Baby anmelden.«
Simon wagte einen Einwand:
»Aber das Kleine von Rachida wird doch gar kein Hurenbaby sein!«
Hadouch sagte ausweichend:
»Wir beantragen eine Sondergenehmigung.«
»C'Est Un Ange und Monsieur Malaussène sind auch keine Hurenbabys«, warf Julie ein.
»Das wollte ich nicht sagen«, entschuldigte sich Simon.
Uns folgten so viele Bullen in Zivil und den Bullen so viele Neugierige, und dieser ganze Haufen lief so geordnet und zügig, dass sich mir nichts dir nichts eine Demonstration ergab. Belleville setzte an zum Sturm auf Pigalle.
Doch an der Métro Père-Lachaise stieß Belleville auf Pigalle, das ihm entgegenkam. Gervaise stieg gelassen die Stufen der Station herauf. Sie trug C'Est Un Ange als Känguru- und Monsieur Malaussène als Schimpansenjunges. Hinter ihr Clara mit zwei Einkaufstüten

und Verdun im Schlepptau. Jérémy und der Kleine bildeten das Ende der Prozession.
Wenn es um große Dramaturgie geht, sollte man auf Gervaise besser nicht rechnen. Sie sagte knapp:
»Ihr habt euch verspätet, da haben wir uns selber auf den Weg gemacht.«
Ein Augenblick des Zögerns, dann machte die Demo kehrt. Beinahe hätte ich mich bei der Polizei entschuldigt. Die Schaulustigen machten lange Gesichter, als hätte man sie um eine Geschichte betrogen.
Gervaise zeigte auf Jérémy und den Kleinen:
»Clara und ich haben diese beiden Geistesarbeiter auf dem Heimweg getroffen.«
Jérémy und der Kleine schleppten schwer an der schulischen Bürde.
»Ist Thérèse da?« fragte Jérémy und ließ seine Schultasche im Eingang des Haushaltswarenladens zu Boden plumpsen. »Ist sie wach? Ist sie da?«
Ich schloss die Tür. Ich blickte Julie an. Ich sagte, Thérèse sei weggegangen.
»Wohin denn?« fragte der Kleine.
Ich sagte, wir wüssten es nicht.
»Sie entgleitet jeder Kontrolle, seit sie verheiratet ist!«
Ich sagte, dies sei auch meine Meinung.
»Und die Frau im Wohnwagen, wer war das?« fragte Jérémy.
»Wer war das?« echote le Petit.
»Kümmert ihr euch um Haus und Herd«, antwortete Gervaise und reichte C'Est Un Ange an Clara und Monsieur Malaussène an Jérémy weiter.
Sie zeigte nach oben:
»Wir haben etwas zu besprechen.«
»Kann ich mitkommen?« fragte le Petit.

»Du kannst vor allem den Tisch decken«, erwiderte Julie.
»Einen Teller mehr«, fügte Gervaise hinzu, »ich lade mich ein.«
»Und noch drei«, schob Hadouch nach, »wir steigen mit ins Boot.«
»Und was den Service betrifft, da sind wir pingelig«, warnte Simon.
»Allerdings«, bestätigte der Mossi.
Ich schloss mich der allgemeinen Bewegung an. Wir gingen hinauf in unser Zimmer. Gervaise hatte uns eine Geschichte zu erzählen.

Eine Geschichte, die Inspektor Silistri ihr am Telefon anvertraut hatte.
Tradition des mündlichen Erzählens: eine Geschichte, die sie uns weitererzählen sollte.
Eine Geschichte, die wir gut kannten, abgesehen von einigen Details:

Die Ballade von Roberval
dem letzten Grafen dieses Namens
Erster Teil: Die Liebe

Es beginnt mit einem exotischen Anklang. Ein Kantonchinese aus Belleville, Zhao Bang, so sein Name, kommt zu Thérèse Malaussène, um sich das I-Ging legen zu lassen. Seine Frau hat ihn verlassen, sagt er, Zhao Bang stirbt vor Enttäuschung, Kummer, Scham, Wut und Ohnmacht. Verlust der Ehre, des Appetits, des Schlafs, der Würde, Heulen und Jammern, Ginsengschnaps, Zhao Bang irrt durch die Straßen, weiß nicht mehr, wer er ist und was er tut, bis ein Freund ihn auf

den Wohnwagen einer Thérèse Malaussène aufmerksam macht, die die Zukunft voraussagt, ein tschechischer Wagen, drüben auf dem Boulevard de Ménilmontant, beim Père-Lachaise, dort zwischen dem Friedhof und dem Bestattungsinstitut Letrou. Du solltest hingehen, Zhao, ich schwör dir, sie ist Spitzenklasse! »*Wo qu!*« (Ich geh hin!) Thérèse Malaussène empfängt Zhao Bang, hört ihm zu, wirft die Stäbchen, versichert ihm, Ziba wird zurückkommen (Ziba ist der Name der Treulosen), Ziba ist vielleicht sogar schon zurück, ja doch, Zhao Bang soll schnell nach Hause laufen und nachschauen. Zhao Bang läuft nach Hause und schaut nach, und Zhao Bang kommt wieder mit Ziba, denn Thérèse Malaussène hat sich nicht geirrt, sie ist zurück, die ehebrecherische Frau, Ziba ist zurückgekommen!
Daraus folgt zunächst: Die Familie Malaussène isst mittags und abends chinesisch, bis Verdun, Jérémy und le Petit in Hungerstreik treten, um Couscous und Gratin dauphinois wieder auf den Speisezettel zu bekommen.
»Stimmt, ich erinnere mich, ich habe nie den Zusammenhang hergestellt.«
Daraus folgt noch etwas anderes: Vierzehn Tage später wartet vor dem tschechischen Wohnwagen der Thérèse Malaussène ein großer Typ von anderswo, glatt rasiert, würdevoll und kerzengerade, im Dreiteiler und mit drallem Hintern unterm tadellosen Schnitt des Jacketts. Als er an der Reihe ist, stellt er sich vor, Name, Titel, Beruf, Marie-Colbert de Roberval, x-ter Graf desselben Namens, Oberrechnungsrat erster Klasse, und legt vor Thérèse die astrologischen Daten eines Bruders auf den Tisch, dessen Zukunft ihm Sorgen mache. Sagt er. Dazu hat er auch allen Grund, denn Charles-Henri, der Bruder, hat vierzehn Tage

zuvor besagte Zukunft an den Balken des Roberval-schen Stadtpalais geknüpft. Thérèse deckt die Lüge auf und spendet Trost. Marie-Colbert solle ganz beruhigt sein, die von ihm eingeleitete behördliche Untersuchung habe nichts damit zu tun, an Charles-Henris Tod seien die Sterne schuld und die Liebe, denn die Liebe tötet wie die Wechselfälle des Zufalls: eine Gewissheit, an der sich niemals wird rütteln lassen. Marie-Colbert ist getröstet, ein wenig, und sehr verlegen. Er knetet seine vornehmen Finger. Er zappelt wie ein Jüngling. Er fragt linkisch, ob es möglich sei, ob es schicklich sei, also, ob Thérèse ihn vielleicht wieder sehen möge. Während ihrer Sprechstunden? So oft er wolle, der Wohnwagen sei von Sonnenaufgang bis Sonnenuntergang geöffnet. Nein, nicht im Wohnwagen, nein, weniger öffentlich, eigentlich so wenig öffentlich wie möglich. Wozu? »Um Gutes zu tun«, erwidert Marie-Colbert de Roberval. Gutes? Gutes. Nicht nur innerhalb eines Pariser Stadtteils, sondern weltweit. Weltweit? Rund um die Erde, ja, denn sie hat es bitter nötig, unsere gute Erde.

Endes des ersten Teils.
Gervaise macht eine Pause.
»So hat Roberval Thérèse geworben.«
»Geworben?«
»Ohne dass sie es gemerkt hat, ja. Mit Hilfe des kantonchinesischen Ehepaars.«

Die Ballade von Roberval
dem letzten Grafen dieses Namens
Zweiter Teil: Der Krieg

Das Leben von Thérèse Malaussène ändert sich wenig. In ihrem Wohnwagen bringt sie weiterhin Licht in die Zukunft. Doch zu den alten Pilgern gesellen sich neue: die gleiche Vielfalt von Hautfarben und Sprachen, dem Anschein nach dieselbe Kundschaft ... Bloß dass Thérèse für die neu Hinzugekommenen nicht Künftiges auskundschaftet, sondern ihnen Hilfslieferungen verkauft, heimlich. Medikamente aller Art, Decken, Zelte, Kleidung, Krankenstationen, Operationssäle, Schulbücher, Bleistifte, Kugelschreiber, Radiergummis, Krankenwagen, Saatgut, Landwirtschaftsgerät, im großen Ganzen alles, was sich im Namen des Lebens verkaufen lässt ...
Ja gut, das wissen wir bereits. Und?
Und ... Thérèse folgt dabei den Anweisungen des fortan unsichtbaren Marie-Colbert: so viel für die einen, so viel für die anderen, nach rätselhaften Sätzen und Ziffern, die Thérèse anwendet, ohne sie zu begreifen. 223 432 Aspirintabletten zum Beispiel, obwohl in den Apotheken der Dritten Welt Aspirin lose verkauft wird; diese erbsenzählerisch genaue Stückzahl, zweihundertdreiundzwanzigtausendvierhundertzweiunddreißig, wäre einen Moment des Nachdenkens wert gewesen.
»Weshalb?«
Gervaise sah mich an. Sie zögerte. Schließlich gab sie ihre Erzählung auf, um zur Exegese zu kommen.

Die Ballade von Roberval
Interpretation

GERVAISE: Weil du, wenn du jede Aspirintablette durch eine Landmine ersetzt, Benjamin, eine Zahl erhältst, die wesentlich ... aufschlussreicher ist.

Ich: ...

Gervaise: Oder auch die Kugelschreiber durch Panzerfäuste, die Zäpfchen durch Boden-Luft-Raketen, die Krankenwagen durch Panzer, die Schachteln voller Wundklammern durch Kisten voller Munition ...

Ich: ...

Gervaise: ...

Ich: ...

Gervaise: ...

Hadouch: Das heißt, Thérèse hat in Waffengeschäften gemacht, während sie glaubte, die Welt zu verdoktern ...

Gervaise: Und sie bekam ihren Anteil, auf ein Schweizer Bankkonto in der Züricher Bahnhofstraße.

Julie: *Ihren* Anteil?

Gervaise: Auf ein Konto, das Marie-Colbert auf ihren Namen eröffnet hatte, ja.

Okay, das genügt, ich habe begriffen. Thérèse Malaussène oder die ideale Deckung: Waffenschiebereien nehmen ihren Ausgang im Wohnwagen einer Kartenlegerin, die so gutgläubig ist zu glauben, sie lebe der universalen Barmherzigkeit; das Geld wandert, auf ihren Namen, in einen Schweizer Safe; wenn die Sache auffliegt, behält der Rechnungsrat Roberval einen schneeweißen Dreiteiler. Thérèse Malaussène? Nie gehört. Zhao Bang? Was für ein Zhao Bang? Ziba? Was für eine Ziba? Geworben? Welche Werbung?

Aber diese Heirat? Warum hat er sie geheiratet?

Ich: Und die Heirat? Warum hat er sie geheiratet?

Gervaise: Um an das Geld zu kommen. Roberval ließ eine Zeit vergehen. Als er sah, dass die Gewinne groß genug waren und keine Gefahr im Verzug, heiratete er

Thérèse, vereinbarte mit ihr die gesetzliche Gütergemeinschaft und fuhr mit ihr nach Zürich, um das Geld abzuholen.
JULIE: Und genehmigte sich im Vorbeigehen noch den Luxus, sich von den Medien als der perfekte Menschenfreund krönen zu lassen.
GERVAISE: Ja.
JULIE: Wirklich exemplarisch, diese Familie.
Man spürte das Fieber in ihrer Stimme. Sie lächelte in sich hinein. Gervaise hatte ihr das letzte Kapitel für ihre Roberval-Monografie geliefert, den Schlussstein des Gebäudes.
GERVAISE: …
ICH: …
GERVAISE: In Zürich hat Marie-Colbert alles flüssig gemacht. Zwei volle Koffer. In großen Dollarnoten. Dies Geld hat Jual heute Nachmittag hier gesucht.
SIMON: Weil man Thérèse verdächtigt, ihren Typen kaltgemacht zu haben, um an das Moos zu kommen?
GERVAISE: Man verdächtigt sie des Mordes, und das Geld ist verschwunden.
Sie war weiß Gott verdächtig! Was hat sie in der betreffenden Nacht in der Rue Quincampoix gemacht, warum ist sie, einen Beutel in der Hand, wie eine Geisteskranke zu einem Taxi gerannt? Tatmotive gab es wie Sand am Meer: Frustration; das Gefühl, betrogen worden zu sein; das Gute, das am Bösen Vergeltung übt; und auch einfach Rache, die Rache der verhöhnten Frau …
GERVAISE: …
ICH: …
GERVAISE: …
JULIE: …

Hadouch: Wie hieß er noch gleich, dieser kantonchinesische Brautwerber?
Gervaise: Zhao Bang.
Hadouch wendete den Kopf. Mo und Simon standen auf.
Der Mossi: Zhao Bang?
Simon: Also dann.
Die beiden verließen das Zimmer. Gervaise lauschte, wie ihre Schritte auf der Treppe leiser wurden und verhallten, dann sagte sie:
»Trotzdem gibt es etwas, das zu Thérèses Gunsten spricht.«
Trotzdem …
»Die Zeugenaussage von Altmayer, dem Mittelsmann in der Schweiz.«
Ich: …?
Gervaise: Ein Mann von der französischen Spionageabwehr. Die DST hat ihn über die Schweizer Bank in die Crew von Roberval eingeschleust. Ihm zufolge ist Thérèse absolut unschuldig. In jedem Sinne des Wortes.
Hadouch: Ein bisschen unterbelichtet halt.
Gervaise: Zumindest was Geld betrifft. Als er sah, wie sie den Rechnungsabschluss unterschrieb, ohne die Unterlagen durchzulesen, begriff er, dass ihr die Bedeutung des Augenblicks nicht bewusst war. Ihm zufolge war sie sehr heiter, ganz außer sich vor Freude über ihre Heirat, und hatte es eilig, die Formalitäten hinter sich zu bringen, die die humanitären Aktionen ihres Mannes betrafen. Er wird in diesem Sinne aussagen.
Ich: Immerhin.
Gervaise: Bleiben noch zwei, drei unerquickliche Punkte.
Erstens: Man fand den toten Marie-Colbert in So-

cken. Doch war der Oberrechnungsrat nicht der Mensch, der unbeschuht umherlief. Außer vielleicht vor einer Person, die ihm nahe stand. An die dreißig Paar Schuhe im Schrank und seine Leiche in Socken. Der Mörder musste ein Vertrauter sein. Soweit der erste Punkt. Der zweite ...
ICH: ...
GERVAISE: Er hatte ein Flugticket in der Tasche. Er hätte zwei Stunden später fliegen sollen. Allein. Auf die Seychellen. Wollte er dort jemanden treffen? Eine Frau? Leicht vorstellbar, dass ein Verbrechen aus Eifersucht ...
HADOUCH: Dafür genügt die Vorstellungskraft eines Bullenhirns.
ICH: Womit sie noch ein Tatmotiv hätten.
GERVAISE (zögerlich): Da ist noch etwas Drittes. Etwas sehr Irritierendes ... Er lächelte.
JULIE: Wie, er lächelte?
GERVAISE: Na, er lächelte im Tod. Ja auf seinem Gesicht lag sogar Heiterkeit. Der Rest eines unverhüllten Gelächters.
ICH: Mit anderen Worten, wie bei Thérèse seit dieser Nacht?
GERVAISE: Tatsache ist, dass in Anbetracht der Umstände die Ermittlungsbeamten sich weder die Heiterkeit des Toten noch Thérèses Fröhlichkeit erklären können. Aber dies ist noch nicht das Misslichste daran ...
Hier gewährte sich Gervaise ein kurzes Zögern. Das Innehalten aus geheimer Unruhe, bevor man etwas Peinliches sagt.
»Benjamin, es ist mir unangenehm, dich das zu fragen, aber glaubst du, Thérèse könnte ein Verhältnis mit einem verheirateten Mann haben?«

Wir sahen uns alle an. Thérèse? Ein Verhältnis? Mit einem verheirateten Mann? Ein Widerspruch in sich!
Gervaise schüttelte den Kopf:
»Der Ansicht bin ich auch, und das ist sehr unerfreulich.«
»Weshalb?«
»Weil sie, wenn man sie fragt, was sie zum Tatzeitpunkt gemacht habe, behauptet: Liebe. Dies ist ihr einziges Alibi.«
»Mit wem?«
»Das will sie eben nicht sagen. Sie beteuert, es gehe darum, fremde Ehre zu schützen. Mehr bekommt man aus ihr nicht heraus. Sie ist bereit, ihre Tage im Gefängnis zu verbringen – und fröhlich –, nur um besagte Ehre zu retten! Titus und Silistri sind stinkwütend.«
Ich hatte schon immer einen großen Sinn für Stille. Jene, die nun eintrat, war eine der aufgeladensten meiner Sammlung. Ich drehte langsam den Kopf zu Hadouch. Und Hadouch riss langsam die Augen auf: Wie? Ihn verdächtigen können? Ich? Ihn? Mit Thérèse? Bei deren Geburt er dabei war!
Ich gab ihm seinen Blick im Quadrat zurück: Was? Mich verdächtigen ihn zu verdächtigen? Ich? Ihn? Meinen Bruder von jeher und für immer!
Er stieß ein Knurren aus.
Ich durchbohrte ihn mit dem Blick.
Zu Protokoll genommen und gegengezeichnet.
Gervaise schloss:
»So weit, so gut. Ihr braucht bloß innerhalb der nächsten achtundvierzig Stunden den verheirateten Mann zu finden, mit dem Thérèse in der Mordnacht geschlafen hat. Solange ist sie in Polizeigewahrsam, danach wird sie dem Haftrichter vorgeführt.

KAPITEL VIII

Worin
nach der Wahrheit geforscht
und vor dem Erwägen
von Folter
nicht zurückgeschreckt wird

16

Das war einfach gesagt: den Mann zu finden, dem sich Thérèse hingegeben hatte, während ein anderer sie verwitwete. Ich begann am nächsten Morgen in aller Früh, ohne zu wissen, wie es anzustellen war. Steckte eine andere politische Leidenschaft dahinter? Ein zweiter Roberval, der in Sphären verkehrte, wo die Ehre des Mannes notfalls die Inhaftierung der Frau verlangt?
»Hat man alles schon erlebt«, sagte Julie. »Ich werd mal schauen, was sich da herausfinden lässt, Benjamin. Kümmre du dich um den Rest.«
Welchen Rest? Die Freunde, bei denen Thérèse in jener Nacht Zuflucht gesucht haben könnte? Wer käme in Frage? Marty, der Arzt unserer Familie, der sie schon behandelt hat, als sie noch in den Windeln lag? Der Chirurg Berthold, den sie vergöttert, weil er mich wieder zum Leben erweckt hat? Der Postel-Wagner von Gervaise, der Monsieur Malaussène ans Licht der Welt geholt hat? Der Inspektor Caregga, dem ich mindestens drei Leben verdanke? Diese unbescholtenen Freunde sollten die Situation ausgenutzt haben, um Thérèse …? Nein! Warum nicht gleich Loussa de Casamance oder der alte Amar oder Rabbi Razon?

Und dann, wie stellte man solche Nachforschungen an? Wie erkundigte man sich? Per Telefon? »Hallo Marty? Tag, hier Malaussène, Sie haben nicht vielleicht in der Nacht von Montag auf Dienstag mit meiner Schwester Thérèse geschlafen? Ja, Montag auf Dienstag, versuchen Sie sich zu erinnern, ist wichtig ... Nein? Sicher? Na okay.« Oder einen auf Bulle machen, die Verdächtigen gegeneinander ausspielen: »Guten Abend, Berthold, Malaussène am Apparat, was meinen Sie, mit wem könnte Thérèse die Nacht von Montag auf Dienstag ...?« Nein, die Antwort dieses vornehmen Saukerls hör ich im Voraus: »Kümmern Sie sich mal ein bisschen um Marty, Malaussène, was mich betrifft, Sie kennen mich doch, ich bin eine ehrliche Haut, und in punkto Bett wiegt meine Frau fünfzehn von Ihren Schwestern auf, schließlich ist sie ein echter Profi!«

Nein, unmöglich. Im Verdächtigen war ich nie gut gewesen. Wenn die Menschheit mir im Ganzen auch suspekt ist, so habe ich den Einzelnen doch immer Kredit eingeräumt.

Und außerdem gab es eine Hauptschwierigkeit: Es galt zuallererst, meine Gesprächspartner davon zu überzeugen, dass Thérèse mit jemandem geschlafen hatte. Etwas vollkommen Unvorstellbares für jeden, der sie kannte.

Unsere Schwester Louna zum Beispiel, die ich in ihrem Bereitschaftsdienst im Krankenhaus anrief:

»Thérèse? Mit einem ins Bett gestiegen? Und fröhlich? Machst du Scherze, Benjamin?«

Louna hatte die ganze Geschichte wie selbstverständlich hingenommen: Thérèses Rückkehr am Tag nach der Trauung, das Abbrennen des Wohnwagens, die

Etappe in der noch warmen Urne, die Volte mit der Wiederauferstehung, all das glich Thérèse, kein Problem, soweit bewegte sich alles in der Norm. Auch die Verwandlung von Marie-Colbert in einen Waffenschieber erstaunte Louna nicht im Geringsten, sein tragischer Tod und Thérèses Verhaftung trugen den Stempel des Malaussène-Stammes, eine Episode unter anderen in der Familiensaga, kein Grund, um am Telefon in Ohnmacht zu fallen. Aber Thérèse mit einem Typen im Bett, also nein.
»Herrgott, Louna, wenn sie es doch der Polizei gesagt hat! Du weißt doch, dass sie nie lügt.«
»Vielleicht möchte sie eine andere Wahrheit andeuten.«
»Die einzige Alternative zu dieser Wahrheit ist, dass sie Marie-Colbert ermordet hat. Louna kannst du dir vorstellen, dass Thérèse ihren Mann dazu gebracht hat, den Treppenschacht von unten zu betrachten?«
»Thérèse ist unvorstellbar, Benjamin.«
»Danke, hilft mir echt weiter ...«
Es folgte eine jener Schweigepausen, in denen jeder für sich grübelt.
»Und außerdem, wer weiß, was Thérèse ›Liebe machen‹ nennt«, sagte Louna schließlich. »Du kennst sie doch, sobald es um Gefühle und Sex geht, greift sie auf Metaphern zurück.«
Das stimmte. Nur zu sehr. Das erweiterte noch den Bereich der Nachforschungen.
»Tut mir Leid, Ben ... Ich kann dir wirklich nicht helfen. Du weißt genau, dass Thérèse mir nie etwas anvertraut hat! Nebenbei, du auch nicht.«
Wenn Louna müde oder auf ihren Mann sauer war, hatte es mit dieser Art von Vorwurf nie sein Bewenden.

»Okay, Louna, ich muss auflegen, entschuldige die Störung, du hast bestimmt Arbeit bis über beide Ohren ...«
»Hör mir mal zu, bevor du auflegst.«
So einfach kommt keiner aus dem Sandgebirge Familie heraus. Ich setzte mich, um mir Lounas Klagelied anzuhören:
»Ich höre dir zu.«
»Das wäre das erste Mal!«
Aus einem mir verborgen bleibenden Grunde hat Louna sich nie wirklich geliebt gefühlt, ein Defizit, das ihr in der Ehe mit Laurent sehr schadet.
»Im Übrigen hat sich in dieser Familie nie einer dem anderen anvertrauen können. Vor allem nicht dir, Benjamin. Du warst immer anderweitig beschäftigt, selbst, wenn du da warst. Wir haben uns beholfen, so gut wir konnten: Clara mit ihrem Fotoapparat, Thérèse mit den Sternen, Maman mit ihren Liebschaften, le Petit mit seinen Albträumen, Jérémy mit seinen Wutanfällen und ich ...«
Den toten Mann machen während Lounas Tiefs, um nicht mit ihr unterzugehen.
»Louna ...«
»Ich weiß, ich weiß, jetzt ist nicht der richtige Augenblick, um zu jammern, ich weiß!«
»Das wollte ich nicht sagen.«
»Trifft sich gut, ich wollte auch nicht jammern. Ich wollte dir bloß einen Rat geben.«
Tränen, die hervorschießen wollen. Zögern. Schniefen. Schlucken. Dann legt sie los:
»Benjamin, der einzige, der dir helfen kann, ist Théo. Théo haben wir immer alles anvertraut, von klein auf. Er hatte immer ein offenes Ohr, er war immer da,

selbst wenn er anderswo war. Jetzt kann ichs dir ja sagen: Wenn du uns verboten hast, wegzugehen, und wir aus dem Fenster geklettert sind, haben wir ihm immer Bescheid gesagt, er wusste immer, wo wir hingehen, für den sehr unwahrscheinlichen Fall, dass du dir Sorgen machst. Und außerdem, überleg mal, wem hat sich Thérèse als Erstes anvertraut, als sie Marie-Colbert kennen lernte? Dir? Zu wem ist sie zuerst gegangen? Zu dir?«
Nein, zu Théo, das stimmte: zu Théo. »Ich bin die alte Tante, der man alles erzählt und die nichts ausplaudert.« Théo, klar doch! Wie hatte ich nicht früher an ihn denken können? Wenn Thérèse mit jemand anderem als Marie-Colbert geschlafen hatte, so war Théo selbstredend eingeweiht, Théo wusste, mit wem sie geschlafen hatte!
Ich versicherte Louna meiner Liebe und ihres Genies: »Du bist genial, Louna, natürlich Théo!«, legte sachte auf und sprang dann in die nächste Métro: Ich geh zu Théo, brüllte ich, falls jemand nach mir fragt, ich bin bei Théo, meinem alten Freund Théo, der in all den Jahren, während ich mir den Arsch aufriss, um diesen Stamm von Durchgeknallten zur Vernunft zu bringen, ihre Dummheiten im Namen der Langmut gedeckt hatte, der liebenswerte Onkel Théo, der an seinem Lorbeerkranz des verständnisvollen Oheims knüpfte, während ich mir den Ruf des tyrannischen Bruders einhandelte, der herzensgute Onkel Théo, der alles schnallte, der immer »ein offenes Ohr hatte«, während ich auf den meinen saß, der süße Onkel Théo, der immer »da war«, während der große Bruder autistisch durch die Welt lief, und so hellsichtig, der gute Onkel Théo, man stelle sich vor, vor allen anderen gab

er Thérèse den Segen zur Hochzeit, so gigantisch weitsichtig, der feine Onkel Théo, dass er Thérèse ins Bett eines Waffenschiebers legte, so kolossal scharfsichtig, der Onkel Théo, dass er Thérèse ein Kind mit einem Präser-Automaten machen ließ! Und wenn er dies alles gemacht hatte, so musste er zwangsläufig auch die Fortsetzung kennen, und ich war blitzungeduldig, sie zu erfahren, diese Fortsetzung, zu hören, wen Thérèse sich zum zweiten Gatten erkoren hatte, wer der Schockbegatter war, das Genie der Soforttröstung …

An der Station Rambuteau stürzte ich ans Tageslicht, rannte am Beaubourg vorbei, Julius der Hund japste hinter mir her, so gut er konnte, ich galoppierte die vier Stockwerke in der Nummer drei der Rue aux Ours hinauf und trommelte an Théos Tür, bis sie aufging. Und als sie aufging, packte ich Théo bei den Schultern, drückte ihn gegen die Wand und spuckte ihm den Satz ins Gesicht, den ich mir unterwegs immer wieder vorgekaut hatte:

»Wo ist der Hurensohn, der letzte Nacht Thérèse gebumst hat und sie jetzt im Loch krepieren lässt?«

Doch Théo war außerstande, mir zu antworten. Julius der Hund und ich hatten sogar Angst um ihn. Mit Augen, die tief in den Höhlen lagen, bleich, entkräftet, spitz und mager, stand er auf zittrigen Beinen vor uns. Man hätte meinen können, Thérèse vor ihrer Verwandlung. Er sah so mitgenommen aus, dass ich schon den Notarzt holen wollte. Ich ließ ihn los. Ich fragte ihn:

»Alles in Ordnung, Théo?«

Er rutschte die Wand hinab, ohne mir antworten zu können. Er schien nicht einmal zu begreifen, wer wir waren. Ich zog ihn wieder hoch und lehnte ihn gegen den Rahmen der Tür, die ich schloss. Ich machte ein paar Schritte in die Wohnung hinein, Julius zwischen den Beinen, der auch nicht allzu frisch aussah. Eine andere Stimme drang matt an unser Ohr.
»Wer ist es, Schätzchen?«
Eine Stimme, die in keinem besseren Zustand als Théo zu sein schien ... weniger eine Stimme als ein letztes Hauchen. Ich blickte mich um und sah nichts. Vor den geschlossenen Fenstern waren die Jalousien heruntergelassen und die Vorhänge zugezogen. Die zugeklappten Außenfensterläden machten die Dunkelheit noch undurchdringlicher, und mir kam der idiotische Gedanke, dass die Nacht sich in diesem Zimmer seit einer Ewigkeit *anhäufte*. Da – traf mich der Geruch. Ein bisamartiger Brodem, der Stoff, aus dem diese Nacht gemacht war: Eigentlich war es nicht so, dass man nichts sehen konnte, man konnte nicht atmen. Oder genauer, die Luft, die man atmete, war vor meinem Eindringen hier bereits so oft geatmet worden, dass ich in der tiefen Dunkelheit an einer Intimität erstickte, die nicht die meine war ... im Innern eines Uterus, der nicht der meiner Mutter war!
»Théo, mein Großer, kommst du?«
Gott ...
Man musste kein Hellseher sein, um zu wissen, wem diese unbekannte Stimme gehörte ... »*Zwei Tage in Hervés Armen. Marie-Colbert hat darauf bestanden, ihm ein Wochenende in meinem Bett zu schenken.*« ... Tja, sagte ich mir, typisch für dich, Malaussène: Machst dir Sorgen um Théos Gesundheit, derweil Monsieur seit

zwei Tagen und zwei Nächten nichts anderes macht, als mit der augenblicklichen Liebe seines Lebens zu vögeln! Seit zwei Tagen und zwei Nächten empfängt Monsieur den Lohn für ein Brautkleid, während die dazugehörige Braut beinahe bei lebendigem Leibe verbrannt wäre, während sie verhaftet, mit Handschellen gefesselt und ins Gefängnis geworfen wurde und ein Outsider ihr en passant etwas unter die Schürze gejubelt hat!

Ich zog die Vorhänge zurück, ich ließ die Jalousien hochschnurren (zwei lange violette Latexlider, die im Aufrollen mit den Wimpern klimperten), ich öffnete die Fenster, ich schlug die Läden zurück, Théo schlüpfte zu Hervé unter die Decke, und geblendet durch den Tag, erstarrte das Bild.

»Wer ist der Typ?« fragte Hervé, die Augen beschirmend. »Ein Eifersüchtiger?«

Er ahnte nicht, wie Recht er hatte. Wie ich sie so in ihrem Bett sah, ausgelaugt von achtundvierzig Stunden Liebeswahn, mit Haaren, die in Locken auf ihrer glänzenden Stirn klebten, mit diesem idealen Leuchten in der Tiefe ihrer Augenhöhlen und dem Herz, das in den Schläfen schlug, da musste ich an Julie denken … Ich hatte sie so schlecht geliebt, seit über meinem Kopf diese Wolke aus Dreck und Kot aufgezogen war! Eifersüchtig war ich wohl, gewiss ja, auf den Rekord, den diese beiden aufgestellt zu haben glaubten. Als ob Julie und ich nicht imstande wären, in zwei Tagen zwölf Kilo abzunehmen, bis unsere Körper sich tonnenschwer anfühlen! Als ob wir nicht verstünden, zehnmal mehr Klamotten in unserer Bude zu verstreuen, als wir am Leibe tragen! Als ob wir das Bettzeug noch nie mit unser Lust zusammengeschweißt hätten

und die Luft mit dem, was wir sind, getränkt! Als ob nicht auch wir die Absicht hegten, uns vor Liebe umzubringen! Als ob wir je ein anderes Ende in Erwägung gezogen hätten …
Eifersüchtig also auf diese beiden und ihre Liebhaberei, und wenn schon, dann auch gleich auf die Lust, die Thérèses Lächeln speiste, und auf den anonymen Sauhund, der sich irgendwo versteckt hielt und meine Schwester diese ganze Sinnenlust im Gefängnis ausschwitzen ließ.
Ich warf Théo ein paar Klamotten hin, dann sah ich mich in seiner Kochnische um.
»Zieh dich an und antworte auf meine Fragen mit Ja oder Nein.«
Fest entschlossen, ihn den Kaffee nötigenfalls durch die Nase schlürfen zu lassen, stellte ich ein türkisches Mokkatöpfchen aufs Feuer und begann mit meinem Verhör.
Seit mehr als achtundvierzig Stunden tobten sie also wie zwei Unrettbare im Bett herum, ja oder nein?
»Ja.«
Théo wusste also nicht, dass Thérèse eingebuchtet worden war?
»Nein.«
Und auch nicht, dass sie schwanger war?
»Schwanger? So schnell?« rief Théo.
»Aber das ist ja wundervoll!« ließ sich Hervé vernehmen.
Im Mokkatöpfchen begann das zuckergesättigte Wasser zu kochen. Ich atmete tief durch und sagte so ruhig wie möglich:
»Théo, antworte mir mit Ja oder Nein und sag Monsieur, er soll nicht dazwischenfunken.«

»Hervé«, merkte Hervé an.
»Sag Hervé, er soll nicht dazwischenfunken.«
»Du musst ihn verstehen, Ben, das Kinderkriegen, das ist eine wichtige Frage für uns ...«
Ich explodierte. Ich brüllte, dass ich andere Prioritäten hätte, schrie, dass Thérèse im Bau saß, dass sie in der Mordnacht mit einem Dreckskerl gevögelt hatte, der sich bedeckt hielt, und dass er, Théo, als derjenige, der schon immer den eingeweihten Onkel gespielt hatte, gefälligst sein Hirn durchforsten sollte, um den Namen dessen zu finden, der meine Schwester geschwängert hatte, und es mich in kürzester Frist wissen zu lassen, damit ich mir diesen Saukerl kralle und ihn mit Arschtritten ins Büro des stellvertretenden Staatsanwalts Jual jage, damit er dort seine Rolle als Alibi spielt. Verstanden?
Er nickte, dass ja.
»Na, dann beweg deinen Hintern! Dir bleibt nur ein halber Tag, dann wird sie dem Haftrichter vorgeführt!«

17

Und haste nicht gesehen war ich wieder unten und hatte ein Taxi aufgegabelt. Es trieb mich nach Hause zurück, für den Fall, dass Thérèse sich dort während meiner Abwesenheit ein zweites Mal personifiziert hätte. Julius der Hund kennt das Lied. Wenn er in ein Taxi hineinkommen will, muss er sich unsichtbar machen, bis ich den Schlag öffne, und dann mit einem Satz vor mir hineinspringen. Denn wenn der Fahrer ihn vor dem Anhalten entdeckt, steigt er in die Eisen und verschwindet am Horizont, als wäre ihm sein Gewissen auf den Fersen. Wenn Julius jedoch der Streich gelingt, dann sichert er uns die kürzeste, schnellste und stillste Fahrt. Nicht daran zu denken, den Kunden spazieren zu fahren, wenn Seine Pestilenz im Auto hockt. Und nicht daran zu denken, über den Job zu mosern, der nicht mehr ist, was er mal war, über die Kunden, die meinen, den Weg zu kennen, über die Frauen, die wie Frauen Auto fahren, und über die Schwulen, die heiraten wollen, und die Araber, die unsere Kranken- und Rentenkassen plündern, und die Schlitzaugen, die Belleville kolonisieren, und die Nacht, die Mord und Totschlag ist – gesegnet sei die Ankunft des Martin Lejoli! Das Herunterbeten dieser

Litanei verlangt, dass man zwischendurch Luft holt, doch dies vereitelt Julius in seiner Pracht und Herrlichkeit.
Thérèse war nicht zu Hause.
Ich machte mir einen Kaffee und rief Gervaise in den Fruits de la passion an. Sie hatte mir nichts Ermutigendes mitzuteilen. Silistri zufolge ging Thérèse nach und nach unter Bergen von Verdachtsmomenten unter. Nicht nur, dass sie den Namen ihres Alibis nicht preisgab, man hielt ihre gute Laune für satten Zynismus. Der stellvertretende Staatsanwalt Jual verdächtigte sie inzwischen, ihren Wohnwagen selber in Brand gesteckt zu haben.
»Was?«
»Das hat mir Silistri eben am Telefon erzählt, ja.«
»Weshalb sollte sie das gemacht haben?«
»Aus Eifersucht, Benjamin, um eine Nebenbuhlerin auszuschalten.«
»Eine Nebenbuhlerin? Was für eine Nebenbuhlerin?«
Genau dies war die Frage. Die Polizei hatte mit der Einäscherung der Frau neulich nachts einen schweren Bock geschossen. Alle waren so sicher gewesen, dass es sich um Thérèse handelte ... Jetzt konnte die Leiche nicht mehr identifiziert werden. Tja, und nun war es so, dass Titus und Silistri im Zusammenhang mit den Ermittlungen die Schwägerin von Marie-Colbert hatten befragen wollen, die Witwe von Charles-Henri, dem Erhängten. Aber die Schwägerin des Oberrechnungsrates war unauffindbar. Verschwunden. Seit dem Vortag.
»Und weißt du, was Thérèse antwortet, wenn man sie fragt, ob sie meint, Marie-Colbert könne ein Verhältnis mit dieser Frau gehabt haben?«

Herrgott noch mal, was hast du geantwortet Thérèse, was hast du *diesmal wieder* geantwortet?

»Sie antwortet, dass sie ihnen darauf keine Antwort geben könne, dass, wenn Marie-Colbert ein Verhältnis mit seiner Schwägerin hatte, dies Geheimnis ihm und dieser Frau gehöre, dass die Privatsphäre unser letzter Wert sei und dass man nicht auf sie, Thérèse, bauen solle, um das Recht auf diese Privatsphäre zu verletzen.«

O Thérèse! ... Thérèse ... Thérèse und ihre Prinzipien ... Thérèse und ihr privates Rechtsempfinden ... Als ob es in einem Verhör darum ginge, Recht zu behalten! Als ob die Prüflinge dazu da wären, den Prüfern eine Moralpredigt zu halten!

»Der stellvertretende Staatsanwalt Jual ist so gut wie überzeugt, dass Thérèse der Schwägerin von Marie-Colbert ein Treffen im Wohnwagen vorgeschlagen hat, dass sie diese dann dort bei lebendigem Leibe verbrannt hat und danach zu Marie-Colbert gegangen ist, um mit ihm abzurechnen.«

»Womit zwei Morde auf einen Streich geklärt wären.«

»Zweifacher Mord, ja, zweifacher geplanter, schwerer Mord. Titus und Silistri toben vor Wut, sind aber vollkommen machtlos. Thérèse bringt sie aus der Fassung. Wenn sie jemanden decken wollte, könnte sie es nicht besser anstellen.«

Bloß, dass sie niemanden decken will. Sie begnügt sich damit, die Wahrheit zu sagen, wie stets, die Wahrheit, die auf Justitias Waage noch nie ein wasserdichtes Alibi aufwiegen konnte.

Ich legte auf, ich blieb neben dem Mokkatöpfchen und dem Telefon sitzen und begann über das Alibi nachzudenken. Also. Wer ist der Kerl? Nicht vernünfteln, wirklich denken. Keine Logeleien, sondern über die Liebe in Begriffen der Liebe nachdenken. Der Kerl hatte Thérèse so sehr verwandelt, dass er selbst aus der Sache nicht unbeschadet hervorgegangen sein konnte. Auch er musste durch diese Nacht wie neugeboren sein. Gehen wir in der Zeit zurück, stellen wir uns Julie an Thérèses Stelle vor und Malaussène an der des Alibis. Denn auch meine erste richtige Nacht mit Julie war eine grandiose Wiedergeburt gewesen! Eine Renaissance von Seele und Leib! Kaum erwacht, stürzte ich mich aufs Telefon, und wir fingen wieder von vorn an. Genau, Liebe am Telefon! In Zeiten der Wieder- und Neugeburt sind alle Methoden recht. Angenommen das Alibi hatte von Thérèses Verhaftung nichts erfahren, ist es da denkbar, dass es sie nicht angerufen hat? Ist es vorstellbar, dass Thérèse ihm alles gegeben, aber aus Schusseligkeit vergessen hat, ihre Adresse und Telefonnummer hinzuzufügen? Antwort: Nein. Schlussfolgerung: Das Alibi hat angerufen. Kalter Schweiß: Es hat heute Vormittag im leeren Haushaltswarenladen angerufen. Ich hörte seine achtzig verlorenen Klingelzeichen, als ob der Laden noch jetzt davon widerhallte. Es hat angerufen, während Clara die Kleinen in die Fruits de la passion brachte, Julie ihren Nachforschungen nachging, der Kleine und Jérémy in ihrer Penne pennten und ich bei Théo das Großmaul spielte. Kein Zweifel: Das Alibi hatte angerufen. Aber klar! Es wusste nicht, dass Thérèse eingelocht war, und es hatte mit der Ungeduld dessen angerufen, der wieder von vorn beginnen will, notfalls am Telefon. Und wenn es ange-

rufen hatte, dann würde es wieder anrufen. Und zwar jeden Augenblick.
Ich begann das Telefon zu fixieren, bis es so hyperpräsent wurde, dass es sich entmaterialisierte. Dann sagte ich mir, dass der Typ, wenn Thérèse ihm ihre Adresse gegeben hatte, jeden Moment hier aufkreuzen konnte, dass die Tür auffliegen, er hereinschießen und instinktiv bis zum Lager seiner Liebsten vorstoßen würde.
Während der folgenden zwei Stunden ließ ich die Augen nicht von der Tür.
Als sie sich schließlich öffnete, sprang ich auf.
Zum ersten Mal löste Julies Erscheinen so etwas wie Enttäuschung bei mir aus.
Sie runzelte die Stirn:
»Was ist los? Gibts was Neues?«
Ich ließ mich auf den Stuhl zurückfallen. Nichts Neues, nein.
»Und bei dir?«
Auch nicht. Julie hatte sich bei den politischen Nasen, die in dem Hochzeitsfilm zu sehen waren, umgetan. Sie war auf zwei Senatoren gestoßen, die so hinüber wirkten, dass jedes Wiedererstehen ausgeschlossen war, und auf einen ehemaligen Minister, der häufig die Telefone anderer abgehört hatte, dem seinen aber nie etwas aus seiner Privatsphäre anvertraut hatte. Dass ihr Kollege Roberval verschieden war, berührte diese Herren mäßig, und wenn sie Interesse am Schicksal seiner Gattin zeigten, so nur deshalb, weil sie die Hauptverdächtige war … Eine Wahrsagerin … Von einer dunklen Person war alles zu erwarten.
Danach war Julie das Fernsehteam in den Sinn gekommen. Vielleicht war Thérèse im Kitzel der Dreh-

arbeiten für einen der Filmer entflammt. Aber auch da – nichts. Nur das reizende Lächeln eines »absolut nicht üblen« Kameramanns, der sich bereit gezeigt hatte, eine neue Version der Trauung zu drehen, mit Julie im Sternchenkleid und ihm selber im Smoking des Bräutigams.
In der Stimme von Julie, die Komplimenten gegenüber nicht verschlossen ist, schwang Dankbarkeit mit. Das war die Tonspur, die gerade noch fehlte, damit ich mich endgültig gefilmt fühlte. Was Julie offenbar nicht entging, denn sie schmiegte sich an mich.
»Was ist los, Benjamin? Gehts dir nicht gut?«
Ihre Stimme strich über mich, ein heißer Wind, der die Haut, als wäre sie Sand, in Bewegung versetzte.
»Benjamin, Benjamin, wenn ich mit allen Männern der Welt schlafen sollte, so würde ich dir diese Ein-Mann-Rolle anvertrauen.«
Was sie sogleich machte, indem sie unter meinen Pullover glitt. Die Stunde der Vergeltung hatte geschlagen. Théo, Hervé und alle anderen konnten zu ihren Turnübungen zurückkehren, wir würden sie, weit abgeschlagen, hinter uns lassen.
Wir kamen schon in Fahrt, als es schellte.
»Mist.«
Doch in Anbetracht der Umstände konnten wir es uns nicht erlauben, nicht zu öffnen.
Es war die kleine Leila, die Jüngste der Ben Tayebs.
»Was ist, Ben, ist dir heiß?«
Bisweilen stelle ich mir die Frage, wie ich eigentlich zu dem Ruf komme, Kinder zu mögen.
»Hadouch schickt mich«, plapperte Leila weiter. »Er sagt, du sollst sofort kommen. Er sagt, er hat eine Überraschung für dich.«

18

Ich nahm die Kleine an die Hand, und wir ließen Julie im Haushaltswarenladen auf Posten zurück. Die Zivis falteten ihre Zeitung zusammen, und auch Belleville schloss sich erneut der Bewegung an.
»Es ist bei Großvater«, bemerkte Leila, während sie mit Fußtapsen Tauben zu jagen versuchte, »im Keller!«
Ich habe die Einladungen in den Keller des Koutoubia noch nie gemocht.
»Guten Abend, mein Sohn, wie gehts?«
Der alte Amar trocknete hinter dem Tresen Geschirr ab.
»Es geht, Amar, und dir?«
Er lächelte mir durch den Dampf der Wasserpfeifen zu.
»Gott sei Dank, mein Kleiner, es geht.«
So lange wie möglich an der Oberfläche der Dinge bleiben. Der Keller des Koutoubia ist ein Ort finsterer Wahrheit.
»Und wie gehts Yasmina?«
Auf den Tischen klackten die Dominosteine. Die Luft roch nach Honig und Anis.
»Es geht, mein Kleiner. Sie lässt dich segnen.«

Dann, als ich erneut den Mund öffnete:
»Es ist im Keller.«
Ich klappte ihn wieder zu. Ich nickte. Amar hatte Recht, es bestand Eile. Ich ging um den Tresen herum. Amar hob die Luke hoch, und ich tauchte hinab in die Wahrheit.
Ich kann heute bezeugen, dass die Wahrheit nach nichts aussieht. Zumindest jene Wahrheit, die Hadouch mir an diesem Tag präsentierte und die zusammengesackt zwischen Flaschenkästen am Boden kauerte und einen unansehnlichen Anblick bot.
»Keine Sorge, Ben, wir haben ihm genügend Zähne gelassen, damit er seine Aussage machen kann, und genügend Finger, um sie zu unterschreiben.«
Gütiger Gott im Himmel ...
Ich hatte gerade noch die Kraft zu fragen:
»Wer ist das?«
Hadouch, Mo und Simon schienen erschöpft. Schwer wogen die Knüppel am Ende ihrer Arme.
»Ein zäher Bursche.«
»Wir mussten ihn ein bisschen weich klopfen.«
»Es hat uns die Nacht gekostet, aber zuletzt hat er seine weiche und redefreudige Seite entdeckt.«
Mein Gott, wer war das?
Simon ging in die Hocke.
»Sag Benjamin, wer du bist, woher du kommst und was du gemacht hast.«
Simon lächelte. Mit jenem Abstand zwischen den Schneidezähnen – das Gebiss des Propheten –, der ihm von jeher eine Unschuldsmiene verleiht:
»Du sagst ihm alles, ja?«
Die Wahrheit nickte mit dem, was an ihr der Kopf sein musste.

»Vergiss nichts. Wir hören auch zu. Wie heißt du?«
Lippen wie Fleischwürste sprudelten roséfarbene Blasen hervor, doch ich konnte den Namen nicht verstehen.
»Zhao Bang«, übersetzte Mo der Mossi.
»Der Chinese, der Thérèse geworben hat«, erläuterte Hadouch. »Die verdammte Seele von Marie-Colbert. Oder der Mann von Ziba, wenn dir das lieber ist. Der verliebte Hausangestellte. Zhao Bang und Ziba, unsre Tristan und Isolde des I-Ging, du entsinnst dich?«
Ich entsann mich.
»Wir haben ihn im Mah-Jongg gefunden, im Hinterzimmer beim Spiel, er hatte hoch gesetzt.«
»Mit Dollars.«
»Wo stammten die Dollars her?« fragte Simon Zhao Bang freundlich. »Sag Benjamin, wo die Dollars herstammten.«
Die Fleischwürste gurgelten erneut.
»Von Roberval«, übersetzte Simon.
»Und bezahlt hat er dich wofür?«
Um Thérèse zu beseitigen. Die Geschichte passte nahtlos zu dem, was Gervaise uns erzählt hatte. Marie-Colbert hatte Zhao Bang beauftragt, Thérèse zu werben und sie zum gegebenen Zeitpunkt aus der Welt zu schaffen. Zhao Bang hatte auf Feuer gesetzt. Es genügte, den Wohnwagen hochgehen zu lassen. Es würde nach der Explosion einer Gasflasche aussehen, nach einem Unfall. Bloß war die Sache anders gelaufen als geplant. Zhao Bang sah, wie Thérèse ihren Tempel betrat, und rannte nach Hause, um Ziba, seiner Frau, zu sagen, sie solle sich nun auf den Weg machen und die Bombe liefern, die als ein Korb Klebreis kaschiert war. Als Ziba in den Wohnwagen kam, war

er leer: Thérèse war in der Zwischenzeit mit ihren Siebensachen gegangen.
»Aber du wusstest nicht, dass der Wagen leer war, hm?«
Nein, bestätigte der Kopf von Zhao Bang, er hatte geglaubt, Thérèse sei noch dort.
»Und da hast du die Bombe ferngezündet.«
Ja. Zu diesem Zwecke besaß er eine kleine Fernsteuerung.
»Du wolltest alles in allem zwei Fliegen mit einer Klappe schlagen.«
Alles in allem, ja. Genau dies wollte Zhao Bang. Thérèse gemäß Auftrag und Ziba gemäß der eigenen Wut beseitigen. Zhao Bang war wirklich eifersüchtig auf seine Frau. Ziba brachte ihn um den Verstand. Hier lagen die Urgründe der Wahrheit.
»Der Faktor Mensch«, kommentierte Hadouch.
»In diesem Falle ein Postler«, erläuterte Mo. »Zhao hatte seine Frau im Verdacht, mit einem Typen vom Postamt in der Rue Ramponneau ins Bett zu gehen. War es so, Zhao?«
Zhao Bang bestätigte, dass es so war.
Stille.
Gut, ein Problem, das gelöst war. Was den Brand des Wohnwagens betraf, war Thérèse entlastet, und das Opfer stand fest. Das hätten wir schon mal.
Die Geräusche des Koutoubia machten sich breit, herbeigetragen durch eine Gegensprechanlage. Hadouch blieb stets mit der Oberfläche verbunden. Man konnte deutlich das Gezänk der Dominospieler und die Bestellungen der Gäste hören.
»Ein Couscous Merguez«, kreischte der alte Semelle.
»Wie im Theater«, sagte Hadouch lächelnd. »Die

Kulissen lauschen dem Saal. Auch hier ist die Comédie Française.«
Blieb der Mord an Marie-Colbert. Das Aussehen des Interviewten ließ mich zögern, die Frage zu stellen. Doch da die Dinge schon so weit gereift waren, stellte ich sie letztlich doch:
»Und Marie-Colbert? Zhao Bang ist nicht vielleicht auch derjenige, der ...«
Hadouch sprach meinen Satz zu Ende:
»Marie-Colbert um die Ecke gebracht hat? Zhao Bang? Um sich beispielsweise mit dem Moos abzusetzen? Dass wir ihm die Frage zuerst gestellt haben, kannst du dir denken. Wir arbeiten auch ein bisschen für uns. Wir sind nicht nur Menschenfreunde. Nein, das war nicht Zhao Bang. Auf den Punkt haben wir viel Wert gelegt, aber das war er nicht. Hm, Zhao?«
Zhao Bang schüttelte den Kopf.
»Siehst du ...«
Und Mo der Mossi steuerte noch ein Detail bei:
»Aber dafür hat er den anderen Roberval aufgeknüpft.«
»Wie bitte?«
Simon, der noch immer in der Hocke saß, fragte:
»Zhao, Charles-Henri, den hast doch du ...«
Und er beendete seinen Satz mit einer eindeutigen Geste.
Ja, und auch dies im Auftrag von Marie-Colbert. Ein zusätzliches Kapitel für Julies Monografie. Charles-Henri war Marie-Colberts Waffenschiebereien auf die Spur gekommen. Charles-Henri war dagegen. Charles-Henri drohte seinem Bruder, die Sache dem Justizminister vorzutragen. Charles-Henri de Roberval wollte mit der Familientradition brechen, er wollte den Namen säubern, das Wappen desinfizieren, der

erste anständige Roberval sein. Oh, kein Wohltäter der Menschheit, nein, nur ein ehrlicher Abgeordneter, alles braucht seinen Anfang! Charles-Henri war stets ein Sonderling gewesen, einer, dem wirklich am öffentlichen Wohl lag. Als erstem des ganzen Geschlechts. Einer, kurzum, der auf Abwege geraten war. Das hatte Marie-Colbert sehr geschmerzt. Nicht so etwas in der Familie!
Erneute Stille.
Diese Ernüchterung, die beinahe immer auf die Entdeckung der Wahrheit folgt ... Unsere Neugier ist so rasch befriedigt, und unsere Motive variieren so wenig; die ganze Monotonie des Verbrechens. Ich betrachtete Zhao Bang. Wie viel Typen müsste ich wohl so zurichten, um zu erfahren, mit wem Thérèse die Mordnacht verbracht hatte? Die Wahrheit lag wahrlich jenseits meiner Möglichkeiten.
»Apropos, gibts was Neues über das Alibi von Thérèse?«
Ich schüttelte den Kopf.
»Sollen wir uns darum kümmern?« bot Mo an und entkorkte eine Flasche Sidi.
Die Suche nach der Wahrheit hatte sie durstig gemacht. Ich brauchte ihnen bloß grünes Licht zu geben, und sie würden den unbekannten Geliebten von Thérèse in Hackbraten verwandeln.
Ich schlug das Angebot aus.
»Wie du willst.«
»Es war nur gut gemeint.«
Die Flasche machte die Runde. Oben hatte jemand eine Münze in die Musikbox geworfen, aus der nun ein lang gezogener Klagegesang ertönte. Ein unsichtbarer Schleier schwebte im Keller. Die Stimme von Oum

Kalsoum. Seit Gästegedenken hatte man im Koutoubia nie ein anderes Lied gehört.
»Wann ist sie noch gestorben?« fragte Mo.
»Fünfundsiebzig«, antwortete Simon.
»Hier wird sie so lange lebendig sein, wie mein Vater den Laden führt«, bemerkte Hadouch.
»Die Tradition«, murmelte Simon.
»Der Stern des Orients ...«
Sie wischten sich gerade heimlich eine Träne ab, als Zhao Bang eine Reihe von Blubberlauten hervorquellen ließ.
»Was sagt er?«
»Nichts. Er beschimpft uns als Araber.«
Zhao Bang verschluckte sich bald an seinen Gischtbläschen. Simon klopfte ihm auf den Rücken, und jeder kehrte zu seinen Gedanken zurück. Hadouch hatte nie dieselben Ziele verfolgt wie ich. Ich wollte einzig und allein Thérèse aus dem Gefängnis holen, er aber hatte sich auf die Suche nach dem Geld gemacht. Früher debattierten wir manchmal über unsere unterschiedlichen Ansichten. »Du täuschst dich in mir, Benjamin. Weil ich dein Freund bin und mich mit dir bis in die Vorbereitungsklassen zu den Elitehochschulen hinaufgestrampelt habe, glaubst du, ich sei ein guter Kerl ... du räumst den Arabern und Intellektuellen unbegrenzten Kredit ein, Ben? Warum nicht den Schweizern, den Kfz-Mechanikern oder den Untersuchungsrichtern? Du bist ein Gefühlsdussel, mein Bruder. Sieh dich vor, daran stirbt man.«
Mein Blick glitt über Zhao Bangs Körper. Er konnte wieder halbwegs regelmäßig atmen. Ich mochte diesen Keller wirklich nicht. Zuletzt fragte ich:
»Was werdet ihr mit ihm machen?«

»Vom Hersteller direkt zum Verbraucher«, antwortete Hadouch.
Er griff nach seinem Knüppel und pochte dreimal an die Himmelstür.
Der Himmel tat sich auf.
Die Erzengel Titus und Silistri stiegen zu uns herab.
Sie waren allein. Diesmal kein stellvertretender Staatsanwalt Jual.
Als sie Zhao Bang abführten, bemerkte der Polizeileutnant Silistri:
»Verdammt noch eins, diese Spielsüchtigen, wie die sich zurichten!«
Ehe sich der Himmel wieder schloss, bemerkte Titus noch wie beiläufig:
»Übrigens, Malaussène, du kannst nach Hause gehen, deine Schwester ist freigelassen worden. Ihr Alibi hat sich gemeldet.«
Ich stürmte, versteht sich, los, doch Silistri versperrte mir auf der Treppe den Weg.
»Hör mal, Malaussène …«
Die beiden Flics schauten sich an.
»Wir würden trotz allem gern vermeiden, dass du einen Schock kriegst.«
Titus fügte hinzu:
»Wegen des Alibis …«
Silistri wollte ins kalte Wasser springen:
»Keine Ahnung, was du davon hältst, aber wir haben drüber gesprochen, Titus und ich. Wir haben uns gesagt, wenn sie unsere Schwester wäre …«
Das Wasser war offensichtlich eisig.
Zuletzt stürzte Titus sich hinein:
»… dann hätten wir es fast vorgezogen, sie wär im Bau geblieben.«

KAPITEL IX

Thérèsische Leidenschaft

19

»Sie sind oben«, sagte Jérémy, als ich die Tür des Haushaltswarenladens aus den Angeln gehoben hatte. Ich nahm die Treppe mit einem Satz, doch in unserem Zimmer war niemand. Das heißt – niemand anderes als die üblichen Leute: Thérèse, Julie und Théo, dieser in Begleitung von Hervé, der sich für befugt gehalten hatte, mitzukommen. Keine Spur von einem Alibi. Wo hatten sie das Alibi versteckt? Hatten sie wirklich Angst, dass ich Thérèses Alibi in Stücke reißen würde? Als Théo sich vorwagte, um die Rolle des Verteidigers zu spielen, fehlte es mir ein wenig an sprachlichem Feingefühl:
»Du, halt die Klappe! Onkelchen Anwalt macht eine Sendepause und lässt den großen Bruder die kleine Schwester anhören. Du hast in dieser Angelegenheit schon genug Unfug angerichtet. Du hast dich disqualifiziert, Théo. Halt deine Klappe und lass Thérèse reden.«
Julie nahm meinen Ton ernst.
»Benjamin hat Recht, Théo. Thérèse braucht niemanden, der sie verteidigt. Sie kann das sehr gut alleine machen.«
»Und wie!« bemerkte Thérèse; in ihren Augen blitzte

es leicht herausfordernd. »Guten Tag, Benjamin, wie gehts? Ich hab dir doch gesagt, du sollst dir um mich keinen Kopf machen ...«

Von Ausnahmen abgesehen, ist es immer dasselbe: Wenn so ein Gör ausgerückt ist, schwitzt man Blut und Wasser, man sieht es vom Bus überrollt, auf grässlichste Weise vergewaltigt, zerstückelt und in Müllsäcke gefüllt, und das Leben schmeckt nur noch nach Tod. Dann taucht das Gör wieder auf, und statt es abzuknutschen und zu verschlingen, damit es nicht wieder auf Trebe geht, um anderswo zu sterben, könnte man es auf der Stelle umbringen.

Thérèse packte meine Hände, zwang mich, auf dem Bett Platz zu nehmen, hockte sich vor mich hin, und wie eine englische Gouvernante, die für ihre Geduld bezahlt wird, flüsterte sie:

»Ruhig, ruhig, ich bin ja da ... Ich erzähle dir alles.«

Gut. Was genau ich denn wissen wolle? Was sie in der berühmten Nacht gemacht habe? Im Grunde interessierte mich doch nur dies, nicht wahr? Eigentlich war es unwichtig, wer Marie-Colbert ermordet hatte, nicht wahr? Wer sich mit den beiden Koffern voller Dollars aus dem Staub gemacht hatte, und wo das dem Unglück der Welt geraubte Geld abgeblieben war? Nein, die große Frage, die einzige Frage war doch, zu wissen, mit wem Thérèse Malaussène in jener Nacht geschlafen hatte, richtig? Wer war dieses prächtige Alibi? Und warum hatte es einen so verheerenden Eindruck auf die Inspektoren Titus und Silistri gemacht?

»Das ist es doch, Benjamin? Vor die Wahl zwischen Tragödie und Posse gestellt, hast du dich für die Posse entschieden?«

Der Blick, mit dem sie mich ansah, verbot mir, zu antworten.
»In Ordnung, ich erzähle dir meine ganze verrückte Nacht.«
Sie hielt noch immer meine Hände fest.
»Aber du musst auf die Auflösung des Knotens warten, wie alle. Ich werde dir alles erzählen, von dem Augenblick an, wo ich den Haushaltswarenladen verließ, bis zu dem Moment, als ich mich wieder auf Zehenspitzen hineinschlich, überzeugt, dass ihr alle schlafen würdet. Das war so gegen drei Uhr. Es war sehr dunkel. Ich habe nicht bemerkt, dass das Kinderzimmer leer war. Ganz abgesehen davon, dass ich euch wohl auch nicht wahrgenommen hätte, wenn ihr da gewesen wärt. Ich war in einer Verfassung … ohnegleichen.

Sie wacht also, nachdem sie von der Hochzeit zurück ist, auf und durchquert den Haushaltswarenladen, ohne jemanden anzusehen. Wir haben ihr einen Teller warm gestellt, aber sie rührt ihn nicht an. Sie will den Blicken nicht begegnen, die ihr folgen. Sie ist nicht in der Verfassung, zu reden. Sie ist stocksteif, in dieser Steifheit befangen, die sie nur allzu gut kennt. Zurückgeworfen in die Eiszeit ihrer Jugend.
»Ich gehe Iemanjá ausmachen und ein paar Sachen holen.«
Genau dies tut sie. Sie wird einen Schlussstrich unter ihr früheres Leben ziehen, ohne es geschafft zu haben, ein neues zu beginnen. Sie stirbt vor Scham. Sie läuft durch die Straßen, als ob ihre Knochen sich durch die Haut bohren wollten. Zum Glück ist es Abendessens-

zeit und Belleville so gut wie menschenleer. Zwei-, dreimal dreht sie sich vergewissernd um, dass Benjamin und Julius ihr nicht folgen. Unbehelligt schlüpft sie in den Wohnwagen. Ein winziger Raum, und ihre ganze Vergangenheit. Sie macht Iemanjá aus, räumt die Regale leer, reisst die Vorhänge herunter, steckt den ganzen Tand in eine dieser blau-weißen rechteckigen Plastiktaschen, die die Ben Tayebs benutzen, wenn sie in den Ferien nach Hause fahren. Ihr Leben ist armseliger als das der Ben Tayebs, als der Wohnwagen leer ist, wiegt ihr Bündel nichts oder fast nichts. Sie schließt die Tür, ohne sie zu verriegeln. Den Wohnwagen kann gut ein Obdachloser besetzen oder ein Marabut in Beschlag nehmen. Draußen zögert sie. Sie würde die Sachen gern in Mamans Tabernakel verstauen. In dreißig Jahren würde jemand anderes diese weidengeflochtene Gedenktruhe aufbrechen und wie sie darüber staunen, dass die Gegenwart nichts von der Vergangenheit erahnen lässt.

Doch sie will nicht in den Haushaltswarenladen zurück.

Will keinen Haushaltswarenladen, keinen Stamm, keine Erklärungen, keinen Trost, nicht jetzt. Offen gestanden ist es diese malaussènische Zurückhaltung, was sie am meisten fürchtet. Dies gluckende Schweigen, diese sehr malaussènische Art, den Kummer reifen zu lassen, bis er hervorbricht. Diese Tröstergeduld, diese begriffsstutzige Liebe ... Nein, das würde sie nicht ertragen können. Und außerdem haben sie alle eine falsche Vorstellung von ihr. Sie würden die andere Thérèse zu trösten versuchen, ihre Thérèse, die Thérèse, die niemals lügt.

»Aber es fängt alles mit einer Lüge an, Benjamin.«

Tja, sie hat Benjamin angelogen. Endlich! Sie hat sich von dem großen Bruder befreit.
Dies ist das Einzige, was sie nicht bereut.
Als Benjamin Rachida mit den doppelten astrologischen Daten zu ihr geschickt hat, da hat sie sofort begriffen, dass es um Marie-Colbert und sie ging. Bloß zog sie nun einmal seit Wochen diesen Mann den Sternen vor. Eine plötzliche Umwälzung der Werte. Ja, das war es, dies war die eigentliche Entjungferung, dies bedeutete den Verlust der Sehergabe. Sie zog auf einmal dem Himmel die Liebe vor, zog der himmlischen Ewigkeit fünf Minuten mit diesem Mann vor. Thérèse war bereit, für diese neue Gewissheit den Sternen zu trutzen. Es war ganz einfach, es genügte, ihnen keinen Glauben mehr zu schenken.
»Soll ich dir sagen, was mich an Marie-Colbert *als Erstes* angerührt hat?«
Sein Titel. Nein, warte, nicht sein Titel: die Art und Weise, wie Marie-Colbert seinen Titel vorbrachte. *Oberrechnungsrat erster Klasse.* Das erinnerte sie an die russischen Romane, die Benjamin ihnen vorgelesen hatte, als sie klein waren. Der ganze Gogol steckte in diesem »Oberrechnungsrat erster Klasse« und der ganze Dostojewski, das ganze russische Pathos dieses am Hungertuch nagenden niederen Adels, der seine Titel aufsagte, um sich der eigenen Existenz zu vergewissern. Ich bin Oberrechnungsrat erster Klasse, immerhin, das ist nicht nichts! Gewiss, Marie-Colbert deklamierte seinen Titel nicht, und er war alles andere als ein Hungerleider, aber weiß Gott, ähnlich sah er einem mit seinem langen Körper, der so steif war wie ihr eigener, und mit dieser kindlichen Art, sein Dasein in einen Titel zu packen!

Ein ENA-Abgänger und eine Magierin ... zwei Verlorene ... *das* hatte sie angerührt.
Sie hatte ihn angehört, ihm eine Antwort gegeben, sich darauf eingelassen, ihn wieder zu sehen, sie hatte innerlich über seinen ENA-Jargon gelächelt, und die Schilderung seiner grässlichen Abstammung hatte ihr das Herz abgedrückt, »er hat mir keine der Schandtaten seiner Familie verheimlicht, im Gegenteil«. Deshalb entschied sie sich, sofort ein Kind für ihn anzusetzen, um das Blut ein für alle Mal aufzufrischen, die Idee dieser Heirat hatte sie begeistert, hatte ihr die idealistischsten Rechtfertigungen geliefert – welch schönes Paar, diese beiden Schmuggler humanitärer Hilfe! –, aber die volle und ganze Wahrheit war, dass sie während all der Zeit, all dieser Worte stets nur an das eine gedacht hatte: an den Augenblick, wo sie Marie-Colbert ausziehen würde, diesen riesigen Körper in ein heißes Bad stecken, ihn gemächlich massieren, sein Leben sanft machen, diesen Mann sich selber zurückgeben würde. Dies hatte sie am Anfang bewegt. Das Wasser dieses heißen Bades ließ sie erzittern. Es schien ihr, ihre eigene Steifheit würde in ihm dahinschmelzen, die Wärme des Wassers würde ihre eigene werden, dann erst wäre die Liebe möglich ...
»Nur, wie du weißt, verlief die Sache nicht ganz so.«
Vielleicht wegen eines Details: in ihrer Bahnhofstraßen-Suite gab es *zwei* Bäder.
»Wie die Liebe nach dieser Trennung in Angriff nehmen?«
Nachdem Marie-Colbert ins gemeinsame Bett gestiegen war, erfüllte er seine eheliche Pflicht wie einen Vertrag. Ohne allzu großen Einsatz. Und mit Präservativ. Seit der Unterschriftenaktion mit Altmayer hat-

te sie ihm kein Wort mehr entlocken können. Kein Wort und keine Zärtlichkeit. Was das heiße Bad betraf, so hatte sie es allein genommen. Hinterher. Um den Schmerz der brennenden Wunde in ihrem Körper zu lindern. Und als das Wasser, das sie umschloss, schließlich abgekühlt war, da fuhr ein Block aus Eis und Scham zurück nach Paris.
»Nein, Benjamin, nicht trösten! Hör dir lieber die Fortsetzung an. Ich stehe also vor dem Wohnwagen und will mich eben gerade nicht bedauern lassen.«
Wohin? Zu wem? Zu Louna? Louna ist die Lösung. Wenn Laurent wieder mal auf Achse ist, kann Lounas Kummer sie von ihrem ablenken; sie würde sich von der untröstlichen Frau zur Trösterin wandeln. Das Leben würde im großen Ganzen wieder in seine alten Bahnen zurückkehren. Aber nein, Thérèse hat keine Lust, jemanden zu trösten. Thérèse zürnt Gott und der Welt. Und allen voran sich selber. Wegen der eigenen Lächerlichkeit. Diese Sache mit dem Bad, unmöglich, die reine Idiotie! Wie kann man monatelang von diesem Bad träumen, wo ihr Körper ihr heute sagt: In der Liebe taugen Bäder nichts. In der Liebe trocknet Wasser aus. Das ist eine objektive Tatsache. Junge Leute, die ihr liebt, wascht euch nicht. Nehmt euch in der Hitze eures schmelzenden Begehrens. Lasst das Geplänkel mit dem Bad. Wascht euch im Übrigen auch anschließend nicht. Bewahrt es euch so lange wie möglich.
»An der Stelle musste ich wie eine Irre lachen.«
Ja, während sie mit ihrer Plastiktasche zwei ein wenig beunruhigten Verliebten in der Métro gegenübersitzt, die nach Paris hineinrollt, wird sie von einem dieser Lachkoller gepackt, die von einem Augenblick auf den nächsten in einen Heulkrampf oder einen Tobsuchts-

anfall umschlagen können. Einen Tobsuchtsanfall lieber. Lieber einen Anfall von Tobsucht. Jetzt weiß sie, was sie machen wird. Sie weiß, wohin sie geht. Kurs auf Marie-Colbert! Er dürfte auch nach Hause zurückgekehrt sein, nachdem er sie beim Aufwachen nicht mehr im Bett vorfand. Warum hat er sich nicht bei ihr gemeldet? Warum hat er sie nicht angerufen? Warum ist er nicht gekommen? Weiß er nicht, dass eine Frau immer etwas sagen will, wenn sie geht? Warum hat er darauf nicht geantwortet? Doch wer zu viele Fragen stellt, setzt sich den Antworten aus. Weil ich eine Niete bin, deshalb! Weil ich die Königin der Trinen bin! Weil ich ein Bad mehr begehrt habe als einen Mann, deshalb! Weil ich stumm und kalt wie eine Grabplatte war, als er in unser Bett schlüpfte, deshalb! Weil ich zu viel *Die Frau, der Arzt im Hause* gelesen habe und ins Liebesgetümmel gegangen bin wie eine Züricherin vor dem Krieg! Weil er sich bei der Sache nicht besser angestellt hat als ich, und weil ich zu blöd war, ihm zu helfen! Und ich habe ihn doch geliebt, ich habe ihn geliebt! Ich habe ihn geliebt, und ich liebe ihn noch! Ich liebe ihn, und ich laufe zu ihm! Ich laufe zu ihm, und diesmal gebe ich mich ihm hin! Ich laufe zu ihm, und diesmal nehme ich ihn! Schluss mit dem Stolz und der Zurückhaltung! Der Damm ist gebrochen! Ich stürze zu ihm!

Inzwischen ist sie nicht mehr in der Métro. Sie läuft wahrhaftig auf die Nummer sechzig der Rue Quincampoix zu. Ich nehme ihn, ich nehme ihn mir, ich entreiße uns unserer Vergangenheit, unseren Familien, unseren Ängsten, ich schwöre es bei unseren Leibern, ich vermenge uns ein für alle Mal, ich stürze uns kopfüber in eine Liebesnacht, wie die Liebe noch kei-

ne gekannt hat! Kein Bad! Kein Zögern! Kein Gestotter! Mitten hinein ins Spiel, und alles neu erfinden! Ich muss alles erfinden! Alles! Und bei der Gelegenheit für Roberval ein Kind ansetzen! Die Adelsreihe der Robervals endgültig und definitiv veredeln!
»Genau so war es, Benjamin! Ich rannte bei ihm die Treppe rauf, und soll ich dir was sagen? Es war, als stürzte ich mich mit einem Kopfsprung in die Liebe!«

Stille in unserem Zimmer. Julie, Théo und Hervé stumm.
Und ich erst.
Und Thérèse außer Atem.
Als ob allein schon die Erinnerung an diese Nacht ihr den Atem benimmt.
Thérèse liebt.
Ihre Augen glänzen, ihre Hände kneten die meinen.
So war das also?
Thérèse de Roberval hatte wirklich in jener Nacht mit ihrem Ehemann geschlafen ...
Einem Ehemann, der ihr kurz zuvor einen Mörder auf den Hals gehetzt hatte ...
Die Liebe neu erfunden, während der Wohnwagen in Flammen aufging ...
O Titus ... O Silistri ... ja ... na klar ... ich kapiere ... ich verstehe euch ... in Ordnung.
Stille also.
Reglosigkeit und Schweigen.
Die Liebe neu erfunden ... Später dann ist die strahlende Thérèse unterwegs zum Haushaltswarenladen, als man ihr den wieder gefundenen Gatten ermordet.
...

Bis Thérèses Stimme ganz unten auf der Tonleiter wieder anhebt:
»Willst du die Fortsetzung hören, Benjamin?«
Da wir schon so weit sind ...
»Tja, auch hier verlief die Sache nicht ganz so, wie von mir geplant.«
Nein?
Nein.
Er wartete auf dem oberen Treppenabsatz auf sie.
»Weißt du, was er mir gesagt hat?«

Sie erklimmt strahlend die letzten Stufen. Hinter der Biegung des Treppenabsatzes sieht sie ihn stehen, oben, am Treppenende, starr und reglos in seinem Anzug. Er ist ein wenig blass, und er trägt Socken. Weiß der Teufel, warum ihr das als erstes ins Auge sticht. Nicht die Blässe – die Socken. Sie versteht noch immer nichts von der Liebe, aber die Intuition sagt ihr, dass bestimmte Socken das Verlangen mit größerer Gewissheit zum Erlöschen bringen als die kältesten Bäder. Er steht also da oben, kerzengerade, in seinen Socken. Er lächelt nicht. Er breitet nicht die Arme aus. Er begrüßt sie nicht. Er nimmt nur die blauweiße rechteckige Plastiktasche ins Visier und fragt:
»Wandern Sie aus?«
Eine Ironie in der Stimme, und wie ... Alles, was in ihr begonnen hat zu schmelzen, versteinert sich. So schnell, dass sie meint, ihr Herz werde vom Eis eingeschlossen. Einer dieser Schocks, an denen man stirbt.
»Was wollen Sie hier?«
Die ihm antwortet, ist mehr tot als lebendig. Ist eine,

die sich entschuldigt. Eine, die ihre Abreise ... diese Flucht aus Zürich erklären will. Er unterbricht sie.
»So etwas ist keine Flucht, Thérèse, so etwas ist eine Beleidigung.«
Ganz und gar nicht, es war Panik. Verzweiflung. Sie entschuldigt sich. Sie ist zurückgekehrt. Hier. Da bin ich. Da ist sie. Sie ist da. Ich bin da. Sie stellt dem eiskalten Siezen ein feuriges Duzen entgegen. Alles ist noch möglich.
»Viel zu spät.«
Er dreht ihr den Rücken zu, geht in die Wohnung, lässt die Tür hinter sich zufallen, die sie jedoch auffängt. Sie bettelt. Er zögert, zuckt mit den Achseln, lässt sie herein. Neben der Tür entdeckt sie die beiden Koffer mit den Metallbeschlägen, die Altmayer ihnen ausgehändigt hatte, Marie-Colberts Mantel, der auf einem Sesselrücken bereitliegt, das Paar Schuhe, das er gerade anziehen wollte, als sie klingelte, die Schuhe, die er jetzt mit sehr viel Sorgfalt und Hingabe zuschnürt. Während er von Madame Bovary spricht. Ja, er hält ihr einen Vortrag über Emma Bovary. Wobei er Thérèse erklärt, sie sei eine Art Charles Bovary. Und hinzufügt:
»Ohne die Rundungen.«
Dann lächelt er.
»Sie glauben nicht mehr an die Sterne, Thérèse?«
Die Frage überrumpelt sie.
»Und auch nicht ans Tarot?«
Er hat den zweiten Schuh zugebunden.
»Sie sollten sich aber die Karten legen lassen.«
Die Hände auf den Knien, hebt er den Kopf.
»Die Karten würden Ihnen nämlich den Hinweis geben auf – die unvermeidliche zweite Frau.«
Wie?

»Meine Schwägerin. Die Witwe von Charles-Henri.«
Er fügt hinzu:
»Wenn man mich verlässt, bin ich sofort wieder scharf.«
Sie will protestieren. Sie will ihm sagen, dass sie ihn nicht verlassen hat. Er hindert sie daran, indem er die längste Äußerung dieser ganzen Begegnung macht.
»Das ist nicht so schlimm, Thérèse, Sie und ich, das war ein Irrtum. Nicht nur sollten die Robervals keine Missheiraten schließen, sie sollten Ehen überhaupt nur innerhalb der Familie eingehen.«
Jetzt steht er, die Schuhe sind ja zugeschnürt. Er geht zu seinem Mantel.
»Und das werde ich tun. Sobald wir beide geschieden sind.«
Aus der Innentasche seiner Jacke zieht er einen Umschlag hervor.
»Mit meiner Schwägerin, der Witwe von Charles-Henri.«
Er wedelt mit einem Flugticket. Und sagt abschließend:
»Und nun, entschuldigen Sie mich, ich wollte gerade aufbrechen. Ich bin unterwegs zu ihr.«

O mein Gott, Thérèse …
»Sag vor allem nichts, Benjamin. Noch einmal – ich will nicht getröstet werden.«
Was sie mir sogleich bewies:
»Weißt du, wie besagte Schwägerin mit Vornamen heißt?« Und verschmitzt lächelnd wie jemand, der gleich etwas Urkomisches vom Stapel lässt, sagte sie:
»Zibellina!«

Und dann voller heiterem Zynismus:
»Ein Vorname, der auf große Bedürfnisse schließen lässt. Marie-Colbert wäre der richtige Mann für sie gewesen. Aber nun ist die Arme zum zweiten Mal Witwe.«
Man brauchte nur den Blick zu interpretieren, den Julie mir zuwarf, um aus dem Ganzen zu schließen, dass besagte Zobel-Dame mit den beiden Altmayerschen Koffern fortgewieselt war, nachdem sie ihren zweiten Gatten in die Tiefe gestürzt hatte. Aber warum war die Leiche in Socken, wenn Marie-Colbert doch eben seine Schuhe zugeschnürt hatte? Und woher die Fröhlichkeit des Opfers? Und was war mit dem Alibi?
Thérèse hatte meine Hände losgelassen. Sie benötigte sie, um die Reize ihrer Nebenbuhlerin herabzusetzen, »so eine Art riesiger Kosmetikkoffer, versteht ihr?« Ihre Finger flatterten umher. Sie begriff »beim besten Willen nicht, wie man mit so einer …«
»Thérèse, was hast du während der restlichen Nacht gemacht?«
Sie verstummte mit offenem Mund. Sie schlug sich auf die Schenkel.
»Herrjemine, das Alibi! Habe ich doch glatt vergessen!«
Genau, dachte ich, mach dich ruhig über mich lustig. Aber ich lasse nicht locker.
»Das Alibi, das Alibi …« trällerte sie. »Wohin bin ich von Marie-Colbert aus gegangen, was meinst du, Benjamin?«

20

»Komm, lass uns ein Spiel machen, ja? Versuch, selber drauf zu kommen, wohin ich von Marie-Colbert aus gegangen bin. Stell dir vor, wie ich, mein Bündel in der Hand, in Tränen aufgelöst, auf der Straße stehe, und hinter mir diese Tür, die sich endgültig geschlossen hat. Wohin jetzt? Nach Hause? Um nichts in der Welt. Zu Louna? Louna hätte meine Verzweiflung noch gesteigert. Also?«
Das Ganze gesagt mit der Ausgelassenheit einer Ferienkolonietante, als ob wir bis zum Lichtausmachen den Abend mit Topfschlagen verbrächten.
»Du kannst es durchaus herausfinden, Benjamin. Streng dich ein bisschen an. Versetz dich an meine Stelle. Denn ich habe«, fügte sie hinzu, »genau das gemacht, was auch du gemacht hättest!«
Nein, wirklich nicht der blasseste Schimmer. Die Panik musste mir wahrlich die Augen mit einem schwarzen Tuch verbunden haben.
»Na komm«, ließ Thérèse nicht locker, »wenn alles zu Bruch geht, wenn du bis über die Halskrause im Schlamassel steckst, wenn zum Beispiel Jérémy seine Schule abfackelt oder man dich beschuldigt, im Kaufhaus Bomben zu legen, zu *wem* gehst du dann, Benjamin?

Und wenn du dich fragst, wo deine Schwester Thérèse die Nacht verbracht hat, *wen* fragst du dann?«
Gott, o Gott ...
»Ja, ganz heiß, gleich hast dus: Die Nummer drei der Rue aux Ours ist nur zweihundert Meter von Marie-Colbert entfernt ...«
Mein Blick wanderte zu Théo, der mir sofort zuvorkam.
»Hervé und ich haben versucht, dir zu sagen, dass sie bei uns war, Ben, aber wir haben ja kein Bein auf die Erde gekriegt. Du hast uns gesagt, wir sollten mit Ja oder Nein auf deine Fragen antworten, und sobald wir ein wenig ausholen wollten, hast du Zustände gekriegt.«
»Es hat uns richtiggehend Angst eingejagt«, untermauerte Hervé.
»Das Einzige, wonach du uns nicht gefragt hast, war, ob Thérèse bei mir gewesen ist. Du bist bei uns reingaloppiert wie ein Irrer und rausgedüst wie ein Formel-1-Geschoss ...«
Thérèses Hände sagten: Ist doch sonnenklar, und sie fügte noch hinzu:
»Benjamin, ich habe gemacht, was wir in dieser Familie immer gemacht haben, wenn die Dinge den Bach runtergingen, ich bin zu Théo gegangen.«
»Halt!«
Ich schrie: »Halt!« Und ich erklärte so ruhig wie möglich, dass mir diese Zwischenstation egal sei. Thérèse war nach Marie-Colbert bei Théo vorbeigegangen, okay, ich hatte Théo nicht die Möglichkeit gegeben, mir dies zu sagen, meinetwegen, Théo war gelegentlich das Rettungsboot, wenn der Stamm in Seenot war, das stimmte, danke Théo, es lebe Théo, er sei dankend

gepriesen, aber was ich jetzt wissen wollte, das war, was Thérèse in der betreffenden Nacht gemacht hatte, *nachdem* sie im Schoß des unschätzbaren Onkel Théo geweint hatte.

»Herrgott noch mal, Thérèse, wo hast du die verdammte restliche Nacht verbracht? Noch ein bisschen, und ich krieg eine Stinkwut! Wo bist du *danach* gewesen?«

Da redeten alle drei gleichzeitig los, Thérèse, um mir zu sagen, dass es kein Danach gegeben hatte, dass ihre Jagd nach den Schätzen der Liebe zu Ende gewesen war, dass sie zu Théo gelaufen war, um nicht in die Seine zu springen, eine Frau, mit der es aus war, bevor sie Frau hatte werden können, in einer Verfassung, Ben, die du dir nicht vorstellen kannst, bestätigte Théo, vollkommen überzeugt, die arme Kleine, setzte Hervé ein, dass sie niemals wieder jemanden lieben würde und auch niemand je wieder sie, während wir beide gerade in der Liebe versanken, rief Théo völlig überflüssigerweise in Erinnerung, und deshalb hatten sie beide Thérèse aus einer gemeinsamen Regung heraus aufgenommen, sie in die Arme geschlossen, sie mit ihrem Atem warmgehaucht, ihr die Tränen getrocknet, sie hatten Thérèse ihrer beider Bett aufgetan und die tragische Nacktheit dieser Verzweiflung mit der gemeinsamen Daunendecke bedeckt, mit einer Zärtlichkeit, bescheinigte Thérèse, mit einer Zärtlichkeit, die sie allmählich wieder jenem Zustand zurückgab, den die Leidenschaft für Marie-Colbert sie trotz allem aus der Ferne hatte erahnen lassen, es war noch nichts verloren, ging es ihr durch den Kopf, die Glut brannte noch, oh, nichts als ein Schwelen, beinahe schon Asche, gewiss, doch ließ sich noch der Widerschein eines Glimmens erahnen, und so hatten die beiden Männer diese Glut mit ihrem Atem belebt, wie ich es auch an ihrer Statt getan hätte, wenn Thérèse nicht meine Schwester gewesen wäre, es war natürlich eigentlich nicht Théos und Hervés Berufung, aber die Dringlichkeit lässt welt- und lebensanschauliche Diskrepanzen hinter sich, sie hatten die uralte heilige Mission empfunden, das Feuer der Menschheit nicht ausgehen zu lassen, in diesem Punkt waren sie sich im Übrigen mit Thérèse eins, auch darüber, über die Frage des Kinderkriegens, Ben, haben wir mit dir zu reden versucht, aber du wolltest ja wirklich nichts hören, auch nichts über die sehr wichtige Frage des Kinderkriegens – in dieser Beziehung hätte uns selbst der Papst Recht gegeben –, und so hatten sie alle drei, von der schwelenden Glut zum flackernden Flämmchen, vom flackernden Flämmchen zum lodernden Feuer, zu guter Letzt einen Flächenbrand entfacht, über den sie die Kontrolle ganz und gar verloren, einen gleichwohl zielgebundenen Flächenbrand, denn sie hatten nur Thérèses Zukunft vor Augen, die ja nicht zum Jux geheiratet hatte, sondern um der Zukunft willen, welche immer die Gestalt eines Babys hat, eines Babys, das nebenbei nicht in die schlechteste Familie geraten würde, von Benjamin Malaussène erzogen, denkt euch nur, wie viele Babys wären neidisch auf diese Stellung, würden so einen Papa gerne stehlen wollen, und nachdem die wichtige Frage der Erziehung geklärt war, hatten die drei sich daran gemacht, den Lehm der Zukunft zu kneten, der Zukunft Gestalt zu geben – und fröhlich: wo es zunächst um Trost gegangen war, kam rasch unverhüllte Freude auf, denn das Glück des Kindes wird in der Lust seiner Zeugung geboren, das

kannst du in jedem Handbuch der Kinderheilkunde nachlesen, Benjamin, kurz und gut, eine solch heitere Entfesselung des dreifachen guten Willens, dass die anderen Hausbewohner davon erwachten, dass sie, empört, wütend, mit der ganzen Leidenschaft ihrer eigenen Frustriertheit gegen Wände und Decken schlugen und brüllten, sie würden alle erdenklichen Klagen und Beschwerden auf allen erdenklichen Ämtern und Behörden einreichen, wie stets, wenn das wirkliche Leben sich bemerkbar macht, doch sie ließ das ungerührt, sie waren die bahnbrechende Zukunft, nicht nur jene von Thérèse, sondern die prächtige Zukunft des Menschengeschlechts ...
Bis Thérèse, die, nebenbei gesagt, mehr als begabt ist, unendlich erfinderisch wie immer, wenn man sich mit Leib und Seele einem Projekt verschreibt, das die Mühe lohnt, bis Thérèse sie mehr tot als lebendig – in dem Zustand, in welchem ich sie angetroffen hatte –, ganz und gar entleert von dem Leben, mit dem sie sie erfüllt hatten, bis also Thérèse sie völlig außer Atem allein ließ und unter einem Hagel von Beschimpfungen, der nur so aus den Fenstern prasselte, zu einem Taxi lief, das gerade nach Kunden Ausschau hielt, »ich wollte vor dem Morgengrauen zu Hause sein, ich hatte Angst, du würdest mich ausschimpfen, Benjamin«, das war die ganze Geschichte, und wenn Thérèse dem stellvertretenden Staatsanwalt Jual davon nichts gesagt hatte, so nicht allein wegen Théos Ehre und auch nicht wegen der Ehre von Hervé, nein, Thérèse ging es darum, die Ehre der Homosexualität mit großem H zu retten, um nicht mehr und nicht weniger – *das* hatte sie getan, was für eine Größe!
Dröhnte Théo.

»Größe, ja«, bestätigte Hervé. »Thérèse hat wirklich eine überwältigende Größe gezeigt.«
Eine Sturzwelle des Enthusiasmus.
Die Thérèse langsam zurückbranden ließ.
Bis sie – Sturzwelle gegen Brecher – verkündete, dass Théo und Hervé mit der Größe ebenso wenig geknausert hatten, um sie aus dem Gefängnis zu holen, und dass es wohl dieser Heroismus war, was bei den Inspektoren Titus und Silistri einen solch starken Eindruck hinterlassen hatte.
»Hör zu, Benjamin, hör zu, was sie gemacht haben, um mich rauszuholen.«

Nichts Besonderes, Théo zufolge.
»Nachdem du weg warst, Ben, haben wir den Kaffee getrunken, den du gekocht hattest, und uns zehn Minuten unter die eiskalte Dusche gestellt.«
Wenn sie auch Thérèse zustimmten, dass Liebe und Wasser unvereinbar sind, so hielten sie dieses doch auch für stählend. Klingen wurden zum Härten in Wasser getaucht. Und sie, nun ja, sie mussten sich wappnen, dessen waren sie sich bewusst, sie zogen in den Krieg. Sie machten sich an die Erstürmung der gesellschaftlichen Festung, und im Innern dieser Feste wollten sie den Bergfried selbst angreifen, wollten nichts weniger, als Thérèse dem Quai des Orfèvres entreißen, der finsteren Conciergerie, diesem Kerker, der dunkelste Erinnerungen weckt. Sie waren also Thérèses Alibi. Doch wer wäre bereit, ihnen zu glauben? Wer würde ihnen Vertrauen schenken? Sie fühlten sich – schließlich waren sie Wahrheitsboten – Manns genug, das professionelle Misstrauen der Poli-

zei zu besiegen, jedoch nicht deren alltägliche Vorurteile und ebenso wenig das Bedürfnis nach Wahrscheinlichkeit. Man würde ihnen nicht glauben. Ihnen nicht. Zu so was nicht fähig. *Sie?* Einer Frau derartigen Genuss bereiten? Niemals würde ihnen jemand glauben. Diese Gewissheit machte sie ratlos. Denn mit anderen Worten hieß dies, Thérèse hatte kein Alibi. Indessen tat das eisige Wasser seine Wirkung.
Wer nun die Idee hatte, Théo oder Hervé, darüber kam es zu einem säuerlich-süßen Nebenscharmützel, das jedoch wegen der erzählerischen Dringlichkeit rasch eingestellt wurde. Einer von beiden hatte *die Idee* gehabt, das war die Hauptsache. Da sie nicht glaubwürdig waren, mussten sie sich mit makellosen Zeugen umgeben. Das war die Idee. Nun fehlte es an Zeugen ja nicht, die den in Frage stehenden Teil der Nacht damit verbracht hatten, gegen Wände und Decken zu hämmern. Zeugen, die Thérèse gehört hatten, wie sie zu dem Zeitpunkt, da Marie-Colbert in die Tiefe stürzte, in den siebten Himmel aufstieg. Zeugen, die Thérèse über den Asphalt der Straße hatten rennen sehen, als Marie-Colbert schon lange auf dem Familienmarmor lag. Zeugen, die Théo so gut kannten, dass sie ihn proportional zu seiner Liebesfähigkeit verachteten, und Hervé bereits gut genug, um zu wissen, dass »der nicht mehr taugt als der andere« ... Ideale Zeugen! Ohren- wie Augenzeugen. Ja, Geruchszeugen, wenn es sein musste! Und ehrliche Zeugen obendrein, anerkannte anständige Leute, Hüter der Ordnung, die Augen vorn und hinten hatten, weshalb das Auge des Gesetzes ihnen blind glauben würde.
Freilich mussten die Leute noch überzeugt werden, ihre Drohungen wahr zu machen und wie versprochen

Klage einzureichen ... Das war nicht das Allereinfachste gewesen.
»Einem Typen musste ich sogar Geld geben, damit er uns anzeigt.«
»Ich kann euch sagen ...«, seufzte Hervé.
Doch zuletzt war die Sache geschaukelt. Eine schimpfwütige Truppe – ein ganzes Mietshaus voller Alibis! – folgte ihnen zum Quai des Orfèvres. Wir bezeugen, wir bezeugen! Ein nächtliches Bacchanal, Monsieur! Wir sagen aus! Wir klagen an! Wir erstatten Anzeige! Und nicht zu wenig! Eine Schande! Die Ohren unserer Kinder! Eine Lärmbelästigung! Kein Auge zugetan! Und am nächsten Tag die Arbeit! Kein Respekt mehr vor den Kleinhändlern! Sie waren, gekauft oder freiwillig, die Gilde der Moral, stets entschlossen, sich Gehör zu verschaffen. Und aus freiem Antrieb! Das lassen wir nicht durchgehen! In dem Flur, der zum stellvertretenden Staatsanwalt Jual führte, schubsten sie Hervé und Théo vor sich her, als hätten sie die beiden eigenhändig verhaftet. Und wirkten so aufgepeitscht, dass die Inspektoren Titus und Silistri um Thérèses Leben bangten.
»Ich schwör dir, Malaussène«, sollte Titus später während seiner eigenen Schilderung bestätigen, »als wir die beiden Erzengel von Thérèse sahen, wie sie von der rasenden Tugend verfolgt reinstolperten, hatten wir Angst um deine Schwester.«
»Wir haben uns wirklich gefragt, ob es nicht besser wäre, sie dazubehalten«, gestand Silistri.
Der stellvertretende Staatsanwalt Jual jedoch reagierte entgegengesetzt. Er ließ die Aussagen aufnehmen und öffnete Thérèse die Tür zur Freiheit. Und nachdem er den drei Gesetzesübertretern noch eine offizi-

elle Verwarnung erteilt hatte, flüsterte er Hervé im Weggehen ins Ohr:
»Das war gut. Machen Sie das wieder.«
»Er ist kein übler Kerl, dieser stellvertretende Staatsanwalt Jual«, räumte Théo ein. »Als er Thérèse freiließ, zollte er ihr vollen Respekt für ihren Mut ...«
»Gar kein übler Kerl, eher sogar schnuckelig«, bestätigte Hervé.

Julie und mir fehlte die Kraft zu einem Kommentar. Wir ließen die drei oben allein. Wir traten ihnen sogar für die Nacht unser Zimmer ab. Thérèse wollte die beiden Erzeuger am nächsten Morgen beim Frühstück dem ganzen Stamm vorstellen: »Damit die Dinge klar sind und es keine Doppeldeutigkeiten gibt.«
Und außerdem kratzte Julius der Hund an der Tür. Es war Zeit für Martin Lejoli.

KAPITEL X

Worin nun einmal
der Epilog erzählt werden muss

21

Neun Monate später sah ich – zum ersten Mal in meiner langjährigen Erfahrung – einen Säugling, der den Bauch seiner Mutter verließ und dabei den Kopf nach links und rechts wendete. Es war ein Mädchen. Hie Papa Théo, da Papa Hervé und Mama Thérèse im weißen Bett – die Kleine schien zunächst zufrieden … Doch dann zog sie die Stirn kraus und zählte noch einmal. Hinter Hervé stand ein dritter Anwärter und schien ebenso bewegt wie die beiden anderen. Bemerkte sie, dass der dritte Kandidat mit dem Rücken seiner Hand die Handinnenfläche von Papa Hervé streichelte? Bemerkte sie, dass auf der anderen Seite des Bettes Papa Théo diese Geste des stellvertretenden Staatsanwalts Jual missfiel? Wie auch immer, als sich die Augen der kleinen Neuen zuletzt auf mich hefteten, las ich darin ein tiefes Bewusstsein von der Kompliziertheit der Welt und den sehnlichen Wunsch nach einer Erläuterung der Gebrauchsanweisung.
»Man könnte meinen, sie hat dich ausgewählt, Benjamin«, erklärte Thérèse und überreichte mir das Wurm.
Auch eine Art, diesen SOS-Ruf zu interpretieren. Der flaumige Schädel passte genau in meine Hand; er war heiß vor Begierde, zu begreifen.

»Die Rolle des *einen* Papas fällt dir zu«, bestätigte Théo.
»In diesem Geist haben wir sie ja im Übrigen gezeugt«, fügte er hinzu, ohne Hervé und den stellvertretenden Staatsanwalt Jual aus den Augen zu lassen.
Claras Blitzlicht beurkundete den Ritterschlag. Die Kleine zuckte mit keiner Wimper. Ihr Blick bohrte sich in mich wie ein Anker. Noch eine, die mich nicht so bald loslassen würde. »Das verdankst du einzig und allein deinem Charisma, Malaussène«, flüsterte Julie, der mein Gesichtsausdruck nicht entgangen war.
Ich erwiderte den Blick des kleinen Dings. »Jahre sorgsamer Erziehung, und wenn du aus dem Fenster klettern willst, dann fragst du Papa Théo um Erlaubnis, hab ich Recht?«
»Was für eine Passion in den Augen!« rief Gervaise, »eine echte Frucht der Leidenschaft!«
Jérémys Blick, bislang sehr nachdenklich, erhellte sich blitzartig:
»*So* nennen wir sie!«
Statt wie sonst, wenn Jérémy zur Namensgebung schreitet, den Mund zu verziehen, lachte Thérèse ihr neues Lachen:
»Frucht der Leidenschaft? Du willst meine Tochter Frucht Der Leidenschaft Malaussène nennen, mit lauter Großbuchstaben? F.D.L.M.? Willst du, dass sie auf der ENA endet? Niemals! Streng dein Hirn an, find etwas Besseres!«
»Maracuja«, konterte Jérémy.
Thérèses Lachen wich einem abschmeckenden Lächeln.
»Maracuja ...«
»So nennen die Brasilianer die Passionsfrucht. Und

was ist eine Passionsfrucht? Die Frucht einer Passion«, übersetzte Jérémy mit Blick auf Gervaise.
»Maracuja ...«, trällerte der Kleine. »Maracuja ... Maracuuuuujaaa ...«
Ein triumphaler Einzug in den Stamm der Malaussènes also, den sie unter dem Namen Maracuja hielt.

22

Wir feierten Maracujas Ankunft am selben Abend mit einem sausenden und brausenden Gelage, im Koutoubia, versteht sich. Die kleine Ophélie von Rachida hatte drei Tage zuvor die Nase in die Welt gesteckt, und der alte Amar hatte beschlossen, die beiden Anlandungen in großem Maßstab und mit einem Lamm am Spieß zu feiern. Da Gervaise zu den Gästen zählte, gingen wir unserer ersten erzieherischen Maßnahme nach und meldeten die beiden künftigen Frauen bei den Fruits de la passion an. Die heilige Patronin hatte nichts dagegen einzuwenden, doch der Garten ihrer Leidenschaft drohte zu verdorren: Ihr waren die Zuschüsse gestrichen worden. Die offizielle Begründung der städtischen Behörden lautete, es gebe andere »Prioritäten«, doch Gervaise wusste, dass es vor der Entscheidung Beschwerdebriefe gehagelt hatte. Ihre Hurenbabys seien ein Schandfleck im Viertel. (Und eins musst du wissen, Maracuja, Schandflecken hatten noch nie Priorität.)
»Malaussène, wenn du Leute brauchst, die dir bei der Erziehung von Maracuja unter die Arme greifen«, schlug Inspektor Titus vor, der meine besorgte Miene sah, »so können wir dir ein ganzes Mietshaus mora-

lisch unbefleckter Paten und Patinnen zur Verfügung stellen.«

»Wenn du willst, können wir sie gleich dort abliefern.«

Sie fanden das anscheinend witzig. Hadouch, Mo und Simon fielen in ihr Lachen ein. Auch keine einfache Sache, diese punktuelle Allianz von Bullen und Banditen, meine kleine Maracuja. Aber was soll ich dir sagen, so ist der Mensch nun einmal. Bleibt der Traum, ihn zu verändern.

»Ihr solltet lieber Mörder verhaften«, brummte ich leise.

»Er spielt auf den seligen Marie-Colbert an«, bemerkte Titus zu Silistri.

»Er wirft uns schleppende Arbeit vor«, präzisierte dieser.

»Man könnte meinen, er ist beinah enttäuscht, dass er nicht im Bau sitzt«, flocht Hadouch ein.

»Muss man verstehen, nachdem er uns monatelang damit angeödet hat«, ergänzte Jérémy.

Hast du die richtige Wahl getroffen, Maracuja? Du hast einen Vater gewählt, der eine Minderheit ist.

Titus begann mit einer Erklärung:

»Wir haben schon daran gedacht, dich hoppzunehmen, Malaussène, aber diesmal hattest du Konkurrenz. Was meinst du, wer Roberval noch mehr auf dem Kieker gehabt haben könnte als du und seinen Schotter beiseite geschafft?«

Silistri fasste neun Monate Ermittlungen zusammen.

»Wenn man allein bei seiner Kundschaft bleibt, kann man unbedenklich alle verdächtigen, die er beliefert hat: irische Iren, armenische Armenier, Chiapasindianer in Mexiko, Peruaner vom Leuchtenden Pfad, Sa-

rahauís von der Polisario, Korsen von halbwegs überall, Basken, Kosovaren, Usbeken, Palästinenser, Kurden, Ugander, Kambodschaner, Kongolesen ...«
»Plus sämtliche mehr oder minder geheimen Geheimdienste, die Roberval gleichzeitig zu deren Bekämpfung mit Waffen ausgerüstet hat ... Tut mir Leid, Malaussène, diesmal gab es allzu viele, die vor dir da waren, wir haben deine Spur fallen gelassen.«
»Und zu welchem Ergebnis seid ihr gekommen?«
»Das Ergebnis? Dass unsere Chance, den Killer hoppzunehmen, ungefähr so groß ist wie deine, Maracuja daran zu hindern, sich eines Tages zu verlieben.«
Tatsache ist, Maracuja, Tatsache ist ...
Wir waren an diesem Punkt des Aperitifgeplänkels – die ernste Seite des Méchoui hatte noch nicht begonnen –, als der alte Semelle einen Auftritt hatte, der nicht unbemerkt blieb, denn er brüllte in den Raum:
»Eine Runde Sidi-brahim für alle!«
Hadouch, Mo und Simon drehten sich mit einem Kopfe zur Tür!
»Du spendierst eine Runde, Semelle?«
Ein einzigartiges Ereignis in der Geschichte des Koutoubia.
»Eine Saalrunde und den ganzen Wein für das Fest!« bestätigte der alte Semelle. »Sidi-brahim für alle betroffenen Familien!«
»Hast du geerbt?« fragte Simon.
Semelles übliche Bestellung war ein Viertel Roter zu einem nackten Merguez. Eine Saalrunde, von ihm spendiert, das roch nach bewaffnetem Raubüberfall.
»Hoch sollen die Neugeborenen leben!« erwiderte Semelle, der nicht bei seinem ersten Glas Sidi zu sein schien.

Was nun folgte, erfolgte rasch und diskret. Hadouch neigte sich zu Jérémys Ohr, der stumm nickte, sich erhob, den Kleinen, Leila und Nourdine mit sich fortzog und im Vorbeigehen zu Titus und Silistri sagte:
»Packen Sie mal mit an, Messieurs les flics? Semelle verköstigt uns mit Sidi-brahim, da müssen wir eine Kette bilden. Sie im Keller, der Kleine und ich auf der Treppe, Nourdine und Leila im Saal, okay? So an die sechzig Flaschen sollten wir rechnen.«
Während die Polizei im Keller verschwand, erhob sich Mo auf einen Wink von Hadouch hin, um sich neben den alten Semelle zu setzen, der neben Simon saß.
Semelle sah Mo und Simon, die ihn einrahmten, abwechselnd an. Sein Lächeln wurde noch breiter.
»Alles in Ordnung?«
Mo und Simon versicherten ihm, dass ja.
Bei Semelles Auftauchen war in Hadouchs Augen sofort etwas erstarrt. Das Äußere des Alten hatte sich kaum verändert, aber innerlich schien Semelle *gesetzter*, als gehöre ihm die Welt. Er lächelte.
Und er spendierte die Saalrunde.
Mir gab Hadouch durch Zeichen zu verstehen, ich solle mich nicht rühren, während er seinen Stuhl langsam verrückte, bis er dem neuen Gast schließlich direkt vor der Nase saß.
»Oh, Entschuldigung! Ich hab dich getreten.«
»Macht nichts«, versicherte der alte Semelle.
Doch Hadouch hatte sich, während er sich noch entschuldigte, bereits vorgebeugt. Er sah unter den Tisch. Er stieß einen bewundernden Pfiff aus.
»Allmächtiger, du hast ja piekfeine Latschen!«

»Die sind alt«, erwiderte Semelle nach kurzem Zögern.
»Sehen gar nicht so aus«, versetzte Hadouch und richtete sich, einen der Schuhe des alten Semelle in der Hand, wieder auf.
»Gib mir meinen Schuh zurück!« blökte Semelle.
Mo und Simon drückten ihn auf die Bank zurück.
Hadouch stellte den Schuh auf den Tisch.
»Benjamin, würdest du sagen, das ist ein alter, müder Kahn?«
Der Schuh war nagelneu. Windschnittig wie eine Hochseejacht.
»Die hab ich früher mal gemacht!« brüllte Semelle. »Nach Maß! Ich hab sie mir aufgehoben! Es ist mein letztes Paar. Das ist Krokodilleder aus Abengourou. Handgearbeitet, Dreißiger-Jahre-Façon. Gib mir meinen Schuh zurück!«
Hadouch lächelte freundlich.
»Semelle, warst du Engländer in deiner Jugend?«
Der Alte zuckte zusammen:
»Nein! Nie! Warum?«
»Weil es englische Treter sind, schau, da steht die Marke drin!«
Er hielt ihm den Schuh hin.
»Fünfhundert Piepen das Stück«, schätzte Simon.
»Tausend das Paar«, bestätigte der Mossi.
»Aber Minimum«, flüsterte Hadouch.
Alles schwieg. Doch niemand wagte zu glauben, was in dieser Stille, durch die eine Leiche in Socken schwebte, zum Ausdruck kam.
»Ich hab ihn nicht umgebracht«, flüsterte Semelle. »Ehrenwort, ich wars nicht.«
Die ersten Flaschen rollten an.

»Semelle, mach deinem Namen Ehre und leg mit deiner Zunge eine flotte Sohle aufs Parkett, ehe Titus und Silistri aus dem Keller zurückkommen ...«

23

Der alte Semelle hatte Marie-Colbert de Roberval nicht getötet. Nicht eigentlich. Aber wer hätte ihm, ihm, Semelle, geglaubt, wenn er zur Polente gegangen wäre? Es tat ihm Leid um Thérèse, aber die Polypen hätten ihn ins Loch gesteckt, wenn er die Geschichte erzählt hätte. Er kannte die Bullen, er, Semelle, sie hatten keinen Sinn für das Phantastische. Wie geht sie denn, deine Geschichte, Semelle, unsereins hat Sinn für das Phantastische, komm, erzähl schon. Wieso hat dir der Roberval seine Schühchen vermacht? Ein Dankeschön für einen Dienst, den du ihm erwiesen hast? Nein, Marie-Colbert hatte ihm die Schuhe nicht vermacht, nein! Hast du sie ihm gestohlen? Nein, das auch nicht. Also was dann? Eine dumme Geschichte, ja, eine ganz dumme Geschichte, Semelle hatte eine kolossale Dummheit begangen, indem er zu Marie-Colbert nach Hause gegangen war.
»He?«
»Du bist zu ihm gegangen?«
»In der betreffenden Nacht?«
In der betreffenden Nacht, zur betreffenden Stunde, zur betreffenden Adresse, 60 Rue Quincampoix, das

Stadtpalais der Robervals, eine echte Dummheit. Semelle kannte die Örtlichkeit, er war schon einmal dort gewesen, als Thérèse ihn als Trauzeugen vorgestellt hatte, und er fand Marie-Colbert nett, damals, überhaupt kein »großer Herr«, er war einfach geblieben, nennen Sie mich Marie-Colbert, deshalb hatte sich Semelle gesagt, die Sache könne klappen.
»Klappen? Was könnte klappen?«
Die Sache, die er ihm vorschlagen wollte. Welche Sache, verdammt? Hör auf, uns zu verscheißern! Willst du uns einlullen, oder was? Sollen wir Titus und Silistri raufholen? Aber es war eine total dumme Geschichte, sag ich euch, so total dumm, dass ihr es nicht verstehen werdet! Wir sind auch sehr dumm, Semelle! Abgesehen von Hadouch und Ben, die sich schwer gebildet haben, aber wir anderen sind alle dumm geblieben, wir können das schon noch verstehen.
»Also gut.«
Also hört, was sich der alte Semelle gesagt hat. Hört, was ich mir in meinem alten Hirn gesagt habe. Wir respektieren die Alten, Semelle, schieß los, keine Angst.
»Du weißt ja, Benjamin, ich habs dir ja gesagt, mir passte es gar nicht in den Kram, dass ich nach der Hochzeit von Thérèse auf dem Trockenen sitzen würde, weil sie ihre Sehergabe verliert.«
Nein, da würde er ganz schön rudern müssen, denn solange Thérèse vorausschauend war, hatte sie sich um das bisschen Zukunft, das Semelle noch vor sich hatte, gekümmert. Im Schnitt lieferte sie ihm pro Woche einmal den richtigen Tipp bei der Dreierwette im Pferdetoto, meist in der falschen Reihenfolge, aber

trotzdem, im Durchschnitt kam er auf zweitausend Eier die Woche. Achttausend Franc im Monat. Der Verlust dieser Gabe bedeutete einen harten Einschnitt im Budget des alten Semelle.
»Da hab ich mir gesagt, Marie-Colbert könnte ihre Nachfolge antreten.«
»Ihre was?«
»Ich hab mir gesagt, er könnte den mir zugefügten Schaden wieder wettmachen. Was sind denn schon zwei Mille pro Woche für einen Herrn wie Marie-Colbert?«
»Komm hör auf! Erzähl uns nicht, du bist zu ihm hin, um Forderungen ...«
»Ich sag euch doch, dass es eine ganz dumme Geschichte ist!«
Marie-Colbert hatte ihn immerhin empfangen. Nach dem Besuch von Thérèse. Marie-Colbert hatte seinen Aufbruch zum Flughafen verschieben müssen, hatte Zhao Bang zu sich zitiert, damit dieser ihm über seinen Misserfolg Bericht erstatte, tja, und da klingelt es nun, Marie-Colbert öffnet arglos die Tür, aber anstelle von Zhao Bang (der, wie er später Hadouch, Mo und Simon erzählen sollte, zu dieser Verabredung nicht erschien) kündigt sich der alte Semelle an. Semelle erklimmt die Treppe bis zum oberen Absatz, wo Marie-Colbert steht, der ihn anhört, wütend, aber was soll er machen? Er will gerade aufbrechen, neben ihm stehen zwei Koffer, er wartet auf einen Killer, und da taucht diese abgelatschte Schuhsohle bei ihm auf, Marie-Colbert hört Semelle also an, den drallen Hintern hat er inzwischen auf der Eisenbalustrade abgestützt. Und als ihm Semelle sein Gesuch vorträgt – eine Pension von zweitausend Franc in der Woche, achttau-

send im Monat –, da glaubt er, sich verhört zu haben, er findet das in Anbetracht der Umstände so urkomisch, so umwerfend urkomisch, dass er, den Hintern auf dem Treppengeländer, zu lachen beginnt, tja, und von dem Lachen halt tatsächlich umgeworfen wird, im wahrsten Sinne des Wortes. Totgelacht hat er sich, vier Stockwerke tief, mangels Übung. Er hat nicht oft gelacht. Noch im Tod stand ihm die Heiterkeit im Gesicht.

»Ich hab gesehen, wie er nach hinten kippt, ich hab versucht, ihn festzuhalten. Plötzlich hab ich seine Schuhe in der Hand. So kams.«

Stille. Wieder eine beeindruckende Stille ... Sogar Oum Kalsoum in der Musikbox hatte eine Pause eingelegt. Dann beugte sich Hadouch bis auf Tuchfühlung zu Semelle herab. Und flüsterte:

»Und die Koffer?«

»...«

»...«

»Ehrlich, die konnt ich doch nicht dort lassen«, murmelte Semelle. »Die hätt ja der Erstbeste klauen können.«

»Wo sind sie?«

»...«

»...«

»...«

»Bei mir zu Hause.«

Bis ich begriff, was Semelle da eben gesagt hatte, waren Mo und Simon bereits verschwunden. Hadouch lächelte.

»Mach dir keine Sorgen, Semelle, wir sagen Titus und Silistri nichts. Im Gegenzug für unsere Verschwiegenheit verwalten wir deine kleine Barschaft. Wir sichern

sie dir, deine Leibrente, versprochen. Ach, ich erhöh sie dir sogar. Zweitausendfünfhundert die Woche, einverstanden?«
»Dreitausend«, feilschte Semelle.
»Zweitausendsechshundert«, lenkte Hadouch ein.
»Achthundert«, schlug Semelle vor.
»Siebenhundert ...«
»Dass ihr mir die Fruits de la passion nicht vergesst«, schaltete sich Gervaise ein, die von diesem Geflüster nichts hätte hören sollen.
Hadouch erstarrte. Was waren das denn für Ohren, die diese Frau hatte?
»Aber ja doch«, insistierte Gervaise, »ihr müsst an Ophélie und Maracuja denken.«
Dagegen konnte Hadouch nichts einwenden. Gervaise schien erleichtert:
»Da kommen wir künftig ohne die Stadt aus.«
Hadouch nickte so unverbindlich wie möglich.
»Und können da und dort noch ein paar andere Kindereinrichtungen aufmachen«, fuhr Gervaise fort.
Hadouch hob vorbeugend die Hand, doch Gervaise, ganz barmherziges Mitleid, sagte bereits:
»Schließlich gibt es eine ganze Menge Hurenbabys auf der Welt!«
Plötzlich sah sie wieder besorgt aus:
»Hadouch, meinst du, in deinen beiden Koffern ist genug Geld für all diese armen Kleinen?«
Hadouchs Hände öffneten sich ratlos und sein Mund klappte auf ...
»Nach Abzug der Pension für Semelle, versteht sich«, räumte Gervaise ein.
Eben kamen die letzten Flaschen Sidi-brahim auf den Tisch.

Titus und Silistri würden jeden Augenblick wieder auftauchen.

»Oder sollen wir das Ganze doch der milde tätigen Polizei übergeben ...« schlug Gervaise vor.

Hadouch schnappte nach Worten wie ein Goldfisch im Glas. Verzweiflung lag in dem Blick, den er mir zuwarf. Aber was konnte ich machen? Du wirst sehen, Maracuja, man kann nicht jedes Mal sechs Richtige haben. Nicht einmal Onkel Hadouch.

»Du hast Recht, Hadouch«, flüsterte Gervaise und brachte die Sache damit zum Abschluss, »es ist besser, wenn das ganze Geld den Fruits de la passion zugute kommt ...«

Schreiben Sie uns doch zu Adel vernichtet. *Wir revanchieren uns für jede begeisterte Zuschrift mit einer besonderen Überraschung: Ende August erscheint als KiWi-Originalausgabe eine weitere Malaussène-Geschichte, in der erzählt wird, wie Le Petit in diese Welt kam –* Vorübergehend unsterblich. *Dieses KiWi werden wir Ihnen dann zuschicken, sobald es aus der Druckerei kommt.*